◆平凡 イズ セシボン!

90歳現役社長の「下町人情」経営哲学

いい口ぐせが
いい人生をつくる

伊藤一郎

青萠堂

刊行に寄せて――

九十歳の現役社長、万歳！！

私の三十年来の畏友《いゆう》、薄型乾燥剤で有名なアイディの伊藤一郎社長は、無類の照れ屋で、義理と人情が服を着て歩いてるような男である。

そのテレ屋ゆえ、初対面の人には滑稽なほど硬《かた》くなり、交わす言葉も少ないが、少し慣れてくると、口から発せられる言葉のほとんどがシャレ、駄ジャレ、冗談のオンパレードとなる。

その面白さの幅、深さは、笑点はじめＴＶに出てくるお笑い芸人でさえも、到底、凌駕《りょうが》ができないほどの洗練されたものだ。

何といっても、国立千葉大学工学部ご出身の秀才なのだから。しかし、そうした専門の話や会社の話など一回も伺った事はない。ある時「ご専門はなんですか」と尋ねたら「専門以外が専門です。アッハッハッハッ…」という答えが返ってきた。

たくさんの人と集まって会食されるのが大好きで、伊藤社長が、言葉を発せられる前から、「今日はどんなシャレが、飛んでくるか」とばかり、皆、相好を崩して笑う機会を待っている。いざ、シャレ、駄ジャレが飛んでくると「待ってました！」とばかりに哄笑《こうしょう》の渦となり、満座の人々が幸せになる。

他人を笑わせ、幸福にさせるのに、支払いはいつも伊藤社長もち。

アイディ社員の集まりの時もこんな感じで、何か仕事の指示や指導をされている光景にはお目にかかったことがなく、一度、「社長、よく、会社の経営ができてますね」と生意気な、失礼なことを言ってしまったことがある。すると、「社長がダメだから、スタッフが自分たちがしっかりせねば！と思っているのでしょう。アッハッハッ…」と軽くいなされた。

社長自らが、スタッフに細かい指示を出さなくても、「大好きな社長のために、会社を発展させよう」というのが、アイディ社員の暗黙の了解事項のようだ。

いつも呼んでくださる上野の金太楼鮨で、つい先日「社長、お脈を拝見…」と久しぶりに脈診をさせていただいたら、五年前、慢性心不全を患《わずら》われた時は、体がむくみ、不整脈が頻発していたが、今は、全くの正常脈になっていた。「社長、しっかりした脈が打ってますよ」と申すと、嬉しかったのだろう、テレ隠しに、「私は脈が止まっても生きてますから、アッハッハ…」という答え。

昭和五（１９３０）年のお生まれなのに、よく、「私は戦後（１９４５後）生まれです」とおっしゃる。

周りの人が、目を白黒させていると、「日露戦争（明治三十八＝１９０５年）後です。アッハッハ…」。

日露戦争前の明治三十六（１９０３）年一月二日生まれの福岡県の田中力子さんは現在百十八歳で、日本はおろか、世界一の長寿者である。

戦前（日露戦争前）の方がまだ、ご存命なのだから、〝戦後〟生まれの伊藤社長は、〝弱冠〟九十歳、まだまだお若い！

ぜひ、百歳の現役社長を目指して頑張っていただきたいものだ。

医学博士　石原結實

目次

90歳現役社長の「下町人情」経営哲学

2章 遊びは笑いながらいつも真剣に

カバーデザイン　U・Gサトー
本文デザイン　青鹿麻里

序

いい口ぐせはいい人生をつくる

その1 口ぐせ

平凡イズセシボン

C'est si bon.

とにかくシャイな人なんです
（長女・真理子）

実は、私と皆さんのあいだには、ちょっとしたご縁があるんです。


皆さん、ご自宅に薬箱はありますよね。

湿布薬、粉の風邪薬、そして瓶詰めの胃薬なんかが入っていると思います。

胃薬の瓶の蓋を開けると、内側に白いプラスチックがくっついているはずです。


なんだろうって不思議に思いませんか？

あれは中に乾燥剤が入っているんです。

いまや一般的となったこのスタイルを考案したのが、**私なんです。**


乾燥剤を製造する会社の経営に携わって五十四年経ちました。

海苔が湿気《しけ》ないように、8ミリフィルムが傷まないように、薬を安全に保管できるように。

顧客の皆さまにご要望をいただいて、いろいろな乾燥剤をつくってきました。

乾燥剤とは、海苔や8ミリフィルムや薬といった「主役」を守るためのものです。

それも、目立たないように守る。いわば「裏方」なんですね。

裏方稼業の私が、九十になって本を出すことになるとは。


本が出版されたあとの、悪友たちのつぶやきが聞こえてきそうです。

「伊藤さんも物好きだねぇ」

「死んでまで恥を残したよ」


まあ、悪友たちのほうが一足先に逝《い》ってしまっているかもしれませんが。

言いたい放題、気軽に悪態をつけるというのは、信頼あってのこと。

そんな友はいいものです。

彼らとは死んでからも付き合いをつづけるつもりなので、**「あの世で地獄カントリーをまわろう」**と、約束を交わしています。

ちなみに、地獄カントリーというのは、閻魔《えんま》様に送られた先、地獄にあるゴルフカントリーのこと。

賽《さい》の河原で池ポチャ、バンカーにはまったら最後、二度とグリーンに戻せない無間《むげん》

何があろうと、
ゴルフ道は
精進しました。

口ぐせ その1　平凡イズ C'est《セ》 si《シ》 bon《ボン》.

地獄と、延々と責め苦を受けるのです。


ちょっと話が脱線しました。

この本についてお話したかったのです。


作家でも有名人でもない平凡な私です。名前だって平々凡々。

伊藤一郎。

どうです？　特徴のない地味な名前でしょう。

でも、どこの窓口でも一回で理解してもらえますし、スマホでもパソコンでも一発変換してくれます。

ここまで平凡だと一度で覚えてもらえて、仕事上も便利この上ない。

個性の尊重がいわれて久しいですが、
平凡イズ C'est si bon.（平凡は素晴らしい）。
そう思うのです。

口ぐせ その1　平凡イズ C'est si bon《セシボン》.

口ぐせ その2

俺は小心者だから

親分肌だけどね、本人は小心者って言うけど（長弟・英雄）

もう少し「名前」のお話にお付き合いください。
先ほども書きましたように、私の本名は「伊藤一郎」。父がつけた名前です。

父曰く、
「名前は符丁《ふちょう》のようなもの。だから、読み間違えのないような名前がよいのだ」
とのこと。

こうした考えから、読み間違えもなく、長男であることも一目瞭然の「一郎」という名をつけたのでしょう。

ちなみに、弟ふたりも「英雄」「謙三」と、それぞれ命名に由来はありますが、至って簡単明瞭な名前です。

子どものときは自分自身の名前について、「いろは順だと一番先によばれていやだな」と思ったことはあります。

しかし、長じてからは噛めば噛むほど味が出るよい名前だと思っています。

ですから、私自身も、子ども達の名づけは父に倣《なら》いました。

名前は符丁。
意味は持ちつつも「読み間違えのないような名前」にしたのです。

長男は父「良次」の「良」と、私「一郎」の「一」をとって「良一」。
次男は「良次」の「次」と「一郎」の「郎」で「次郎」。
長男と次男の間にいる長女は「真理子」です。

息子たちは、皆、父と私の名にちなんでいます。
娘は私の母と、父の両方に所縁《ゆかり》のある名にしました。
母「益子」の「ま」と父「良次」の「り」の合成語で「真理子」です。
娘の名は家内の提案です。

子ども達の名づけ以来、何十年と経ってから、再び名づけの機会が巡ってきました。

それも、自分自身の名づけです。

平成に入って十年が経とうとしたある日、家内が墨田区の『生涯学習センター文章教室』に通うと言ってきました。

「文章を書くのはいいけど、恥をかいたり、頭をかいたりは止めてくれよな」

例のごとくダジャレを返してオチがついたと思いきや、家内から大きな宿題が出されたのです。

「あなたも、ご自分のペンネームを考えておいてね」

なにかないか、なにかないか、考えても考えても、なかなか思いつきません。そうして思いついたのが左の名前です。なんと読むかわかりますか?

大方　惣太郎

「おおかた　そうだろう」

と、読みます。

子ども達の名が子ども達の祖父母の系譜を継いでいるように、私のペンネームは私の祖父にあやかりました。

祖父は号を「大方軒無外《たいほうけんむがい》」といいました。

なかなか仰々《ぎょうぎょう》しい字面ですが、それもそのはず、名づけは祖父が教えを受けた老師というのです。

祖父は若いとき、勉強の傍《かたわ》ら禅宗のお寺に熱心に参禅《さんぜん》していました。

その姿に感心してくださった老師が、「大方軒無外」の号を授けてくださったそうです。

語源は「大方外《だいほうほか》無く、小円内無し」。

直訳すると「大きな四角の外はなく、小さな円の内はない」となります。

観念的で、いかにも「禅問答」といった風ですが、ひとことで言うと「宇宙森羅万《しんらばん》象《しょう》」のことだそうです。

このなんとも壮大な号をいただいた祖父は、「大方軒無外」の名で『般若心経講話《はんにゃしんぎょう》』と『いろは歌講話』と二冊の本を書き上げました。

実にすばらしい本で……と書きたいところですが、祖父の本は未だ読了しないままです。

物書きつながりで、ペンネームは祖父の「大方」をもらうことにしました。

本名の「伊藤一郎」に負けず劣らず、「大方惣太郎（おおかたそうだろう）」も、一度口にすると忘れにくい名前ではないでしょうか。

「大方、そうだろう」は、「いい加減」とか「いい塩梅《あんばい》」とか軽い感じの意味合いで、祖父の名に込められた壮大な世界観とはまったく趣が異なります。

不真面目な印象を受ける方もいるかもしれません。

でも、世の中、白黒決着がつくことばかりではありません。ひじょうにファジーなことがたくさんあります。

白黒つけることよりも「ファジーであること」に肯定的な私は、やっぱり小心者なのでしょう。

白黒つけるのではなく、ありのままにものごとを受け入れることも、生きていくうえでは必要です。

「大方惣太郎」のルーツ、「大方軒無外」が示す「森羅万象」などは、人間にとって受け入れるしか術《すべ》のないものです。

「ファジー（fuzzy）」には、「境界がはっきりせず不明確であること、曖昧《あいまい》であること」のほかに、「柔軟であること」という意味もあります。

かつて、私の父でアイディの初代社長である良次が、社員への講話で「幸福」について述べたことがあります。

「幸せというのは、一体どういうことか、なかなかわからない。
幸福というのは主観的な問題。
要するに、自分で幸せだと思っていれば幸せ」

思いこみや先入観にとらわれ、「幸福かくあるべし」などと思っていては、彼我《ひが》の差に苛《さいな》まれるだけでしょう。

ファジー（柔軟）な精神でいることは、自分を幸せにすることにつながるのです。

その3
口ぐせ

母さんが死んだらすぐ死んじゃうよ

社長は本当に愛妻家なんです

（社員・樋口）

家内《かない》は昭和一一（一九三六）年八月二五日生まれ。私の六歳下です。七人兄弟の次女で、二二歳のときに名古屋から東向島に嫁《とつ》いできました。

昭和の女ですから外では私を立ててくれましたが、家のなかではなかなかどうして厳しいところもあり、「おっかない母さんだ」とよく言ったものです。

コーラスグループに入って第九を歌ったり、趣味がたくさんありました。

また描くことも、書くことも好きだった家内は、墨田区の『生涯学習センター文章教室』に熱心に通い、交友を広げ、見聞を深め、お仲間と文章論を交わし、人生観を語らい合い、豊かな時を過ごしていました。

文章教室の成果をまとめた自分史には教室の先生が序文を寄せてくださって、そこで先生は家内の性質を「ひたむき」と表現なさいました。

確かに家内はひたむきで、また愛情深い人物だったと思います。

我が社の社員とその家族に対して、もちろん自分の家族に対しても深い愛情をもって接していました。

皆の幸福を願う気持ちを、いつも強く持っていました。

いろいろ行き詰まって懊悩《おうのう》のなかでもがく人物がいました。その境遇に胸を痛めた人から「せめて話し相手になってくれないか」と頼まれた家内は、丁寧《ていねい》に寄り添っていたこともあります。

相手に振り回され、逆恨《さかうら》みのような仕打ちを受けても、家内は腹を立てるどころか、どう振る舞うべきだったか自省する性分でした。

小さい子が大好きでした。

不思議なことに言葉を知らない赤ちゃんであっても、子ども好きの大人はすぐにわかります。

レストランで隣り合わせた赤ちゃんが、家内がちょっとあやすと声を上げて笑ったり、公園のベンチでよちよち歩きの子どもが家内の膝にちょこんと座ったりということはしょっちゅうでした。

家のなかの「おっかない母さん」はどこへやら、子どもの靴で服が汚れるのも気にせず、いつまでもニコニコ相手をしていたものです。

植物にも愛情を注《そそ》ぎました。

もらいものの小さな鉢植えのクレマチスも、植え替えをして肥料をやり、冬越しをさせて立派に花を咲かせました。

植物にたくさんの太陽の陽射しをあてたいのか、植木鉢をまめに回していました。高さ一五センチほどの「幸福の木」と呼ばれる観葉植物を二十余年かけて部屋の天井に届くほど大きく成長させ、枝振りを褒める友人には挿し木ができるようにと切った枝を分けていました。

私には結構、厳しかったんです。

心配だったのでしょう。

家内の状態が悪くなって二人の息子に連絡をしたほうがいいのではないかという話が出たとき、私はとっさに言い返していました。

「そんなことあるかよ」

到底、受け入れることができませんでした。

「電話なんかしない。嫌だ」

私のほうが年上だし、〝亭主のほうが先に逝《い》く〟に決まっている。それが天地自然の理《ことわり》じゃないか。

先に逝くつもりだったのですが、なかなか思う通りにはいきません。好きだなんだというよりも、夫婦一体だったのです。

母へ

長女・真理子

母は令和二年の十一月二三日に永眠しました。

ちょうど、父のこの本と、母の本の制作が本格的に始まった頃です。

担当編集者は父の心中を慮《おもんばか》って、落ち着くまで制作を休止してはどうかと提案してくださいましたが、こういうときだからこそ成すべき事を手放さないほうがいいとの結論に至りました。


母は亡くなる九日前に会社の創業パーティーに出席し、三日前には好きな音楽を聴きながら、公園で両手をあげて嬉しそうに微笑んでいました。

このまま穏やかな暮らしが続いてほしいと願ってはいましたが、母が車椅子生活になってからはどこか胸の内に別れの覚悟があったように思います。

昔気質で親分肌、仕事優先、社員第一の父の振る舞いは、ときに母にとって看過《かんか》できないこともあり、母もしっかり主張するタイプですから衝突もありました。

その一方で、父を誇らしく思ってもいたのでしょう。


両親の「親代わり」としていつも気に掛けてくださる方がいらっしゃいました。母はその方を「先生」とお呼びしてお慕《した》いしておりました。

その方がお体を悪くして入院なさったとき、お見舞いに伺う母に「ちょうど文章教室で書いたエッセイをまとめたところだろ、暇つぶしになるから持っていきなさい」と父が勧めました。

母は「拙《つたな》い文章だし」と尻込みしていたのですが、先に父がエッセイのことをお耳に入れていたのです。エッセイ集に目を通していた父は、親代わりの先生に、ぜひ読んでいただきたかったのでしょう。

とうとう先生ご本人からも催促《さいそく》があり、母はできあがったばかりのエッセイ集を持参することになりました。

するとお見舞いの翌日に早速お電話があり、ちょっとした誤字の指摘と丁寧な感想を伝えてくださったそうです。

誤字まで見つけてくださるほど丁寧に読んでくださったお礼を申し上げると
「よくがんばったね」と、思いがけないお褒めの言葉をかけられました。

両親の「親代わり」のお方です。

二人の歩んだ道のりをそれはそれはよくご存じでした。

「苦労も多かっただろうに、よくがんばった」

感極まりながら、母は先生のご指導のおかげだとお礼を申し上げたそうです。

「私はなにもしていない。あなた自身の努力だよ。本当によくがんばった」

嬉しさと、見守ってくださっていた優しさへの感謝と、もったいないお言葉への恐縮と、いろいろな思いがあふれた母から出た言葉。

「主人が優しかったからです」


シャイが服を着ているような父ですが、心の底から愛妻家で、そのことを隠しませんでした。

若い頃は母にきつくあたることもあったそうですが、車椅子の母を本当に大事に大事にしていました。

母の髪に白いものが目立つと「そろそろ染めたほうがいいね」と、お世話をしてくれている方に美容室の予約を頼みます。

お世話の方もそんな父の気持ちを汲んで、いつも母のメイクや髪のセットを欠かしません。

私の車の買い換えでも「車椅子の取り回しがしやすいのにして」と、ここでも〝母ファースト〟です。

仕事関係の方との会食では、母のことを「きれいなんだよ」とか「家内がいないとダメなんだ」と、さらりと言ってのけます。

まだまだ健脚なのに「一緒のほうがいいだろう」と、母と出かけるときは自分も車椅子に乗りました。

でも、やっぱり父は元気なものだから、母の車椅子を、車椅子に乗った父が押すという〝ヘンテコなこと〟になっていました。
「母さんが死んだらすぐ死んじゃうよ」が口ぐせだった父は、「やっと独身だよ」と強がりを言っています。

お母さん、お父さんは変わりないよ。
安心してね。

口ぐせ その4

俺はいつもいじめられる

仲がいいとは照れ臭くて言えないのでしょう

（末弟・謙三）

我が家のリビングからは不忍池がよく見えます。

夏は水面が青々とした葉に覆われ蓮が花を咲かせ、秋には鴨、ユリカモメ、鷺、カワウなどの野鳥が訪れ、春ともなれば満開の桜が池のぐるりを彩り、遊歩道をのんびり進むのは実に気持ちのいいものです。

四季折々の表情をゆっくり眺めながら不忍池に沿ってしばらく行くと、馴染みの金太楼鮨《ずし》はもうすぐそこです。

この店に通ってもう五十年は経つでしょうか。

ニンジンリンゴジュースや断食健康法で有名な石原結實先生をはじめ、公私にわたってたくさんの方をお連れしました。


安い、うまい、口が悪い。

三拍子揃っているこの店では、皆さん、すぐにくつろいでくださいます。

カウンターに座って、活きのいい職人と軽口を叩くのが楽しみです。

「行くとこないから来てやったよ。ここでうまいのはビールくらいだけどな」

「日本酒もおいしいですよ」

大好物の牡蠣を注文したときのこと。

小鉢に入ってきた牡蠣の身が、いつもよりちょっと小さい。

「小っちゃいなあ。おい、これじゃあ『牡蠣』じゃなくて『か』だよ『か』。『き』までないじゃねえか」

すかさず職人に絡むと、「ああ、ふたつ食べれば『か』と『き』で『かき』になりますよ」と、にやり。

この店ではいっつもいじめられます。

私も口が悪いが、向こうも遠慮なしにやり返してきます。

どっちが客だかわかりません。

でも、それがいい。

心にもないお世辞なんてまったくないのが、いいのです。

だけど、心はこもっている。


食が細くなった家内は誤嚥《ごえん》の心配がありましたが、職人たちは家内のために特別に小さな寿司を握ってくれました。

寿司下駄に、ちんまり並ぶ小さな寿司。

これがまた、見た目もかわいらしい。

同じ空間にいるだけでなく、同じ味を一緒に楽しめるのはやはり嬉しいことです。

そういう「気持ち」を、言わずとも分かってくれるのでした。

そういえば、私が心不全で入院したときは職人みんなで見舞いに来てくれました。


そう考えると、いじめられてばかりでもないな。

口は悪いけど根性はいい。

そこは私と一緒。
また明日にでも、いじめられに行ってきます。

フレフレ！伊藤家いとこ会

平成10年2月7日　「金太楼鮨」にて

平成18年8月30日　伊藤家いとこ会

友人、いとこ会、仕事関係、家族。どんなメンバーとも心を許せるお付き合いです。

口ぐせ その5

親、祖先のおかげにいつも感謝！

「子どもの出来は悪いけど孫には恵まれた」って。（長女・真理子）

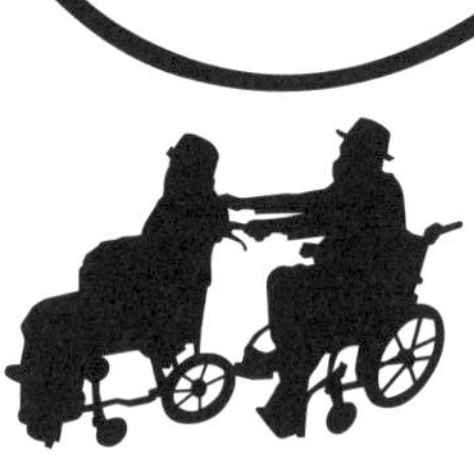

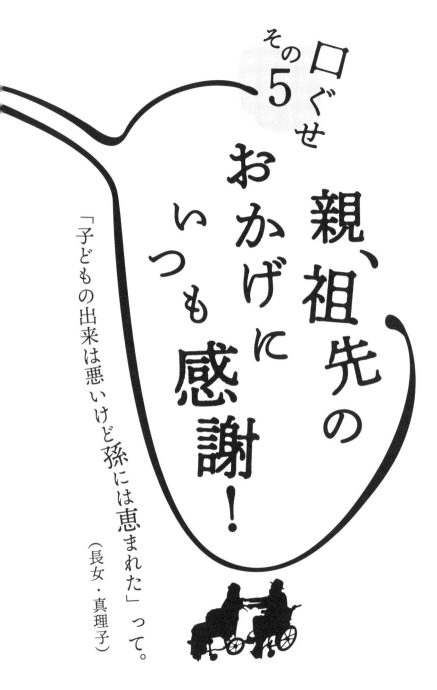

父方の祖父の名は宜良《よしなが》といい、祖母の名は千鶴といいます。この祖父がアイディアの生みの親といもいえる人物です（1章「目に見えないところにアイディアが光る人生成功学」93ページ）。

八人の子ども達の名は、上から宜治、良次（私の父です）、静枝、良三、富子、久子、四郎、定子です。

こうして名前を並べてみると、我が家の子どもの命名のクセというか、伝統を感じます。

下から二番目の四郎叔父は**「勝手にシロー」**、**一番下の定子叔母は「これで決定」の「定」**ではないかと思われます。

八人もの子どもたちの教育のため祖父は努力を惜しみませんでした。

中学校の物理実験の解説書や指導書、そして実験装置までつくって夏休みになると数多くの学校を駆け回り、指導や補習授業をおこなって報酬を得ていたそうです。

そのおかげで、私の父を含め皆が高等教育を受けることができました。

祖父は四人の男の子を内科、外科の医者にして総合病院を経営したかったようです。しかし、長男と次男（私の父）は医者を嫌って、祖父が卒業した東京職工学校の後身である東京工業学校（現・東京工業大学）へと進学。

祖父の願う医学の道には、三男の良三（金沢医大）と四男の四郎（東京帝国大学医学部）が進むことになりました。

福井県坂井郡の農家に生まれた祖父は、幼少時よりとにかく学ぶことに一生懸命な人でした。

明治元（一八六八）年生まれの祖父が子ども時分には娯楽などは皆無。たまに大道芸や門付芸《かどづけげい》（家の門口《かどぐち》で演じる芸）があると、それはそれは村中が盛り上がったのに、祖父はまったく無関心で家にこもって勉強に励んでいたとのこと。

時間を忘れてあまりに没頭するので、行灯《あんどん》の油がもったいないからと祖父は夜の読書を禁じられてしまいます。

しかし、一旦「おやすみなさい」と挨拶をしたあと皆が寝静まったらこっそり起き出し、明かりが漏れないように羽織りで行灯をすっぽり覆って書物を読みふけったそうですから相当なものです。

祖父の尽きることない向学心に、曾祖父はついに勉学の道に進むことを許します。資産も学歴もない百姓の家系です。田んぼを抵当に進学資金をつくらねばならず、その決断は実に大きなものだったでしょう。

しかし、曾祖父には確信めいたものがあったのかもしれません。曾祖父自身がほんの数日の指導で田んぼの境や面積の測量技能を習得した明晰な人だったので、その息子である祖父の能力に信頼をおいていたのでしょう。

曾祖父が学資を工面し、祖父は東京職工学校に進学します。

東京職工学校は、工業分野の専門技術を持つ人材を養成するため設立されましたが、高等教育を受けた卒業生を受け入れるだけの体制が企業側に整っておらず、祖父は教員の道へと進みます。

そして、富山県立工芸学校の校長から富山県工業試験場の初代場長となりました。

工業試験場の一角にはいまも祖父の胸像があります。

家内と弟たちと胸像の祖父に会いに行った際は、**子孫の我々が祖先の余徳によって生かされている**ことをつくづく感じました。

祖父の胸像を前に祖先のありがたみをいっぱいに感じた私ですが、さて、自らが「祖父」になったいま、孫になにを伝えるのかと問われると、こう答えます。

「孫に伝えたいことはない」

感銘を受けた本。
さまざまな出会いと別れ、それらがもたらすこと。
仕事や遊びで得た教訓。
これだけ生きてきたら、エピソードには事欠きません。

原稿の依頼や、講演会、公私のさまざまな場でのスピーチなど、テーマを受けて僭越ながら私見を披瀝《ひれき》することもありました。

しかし、私の言葉で孫を縛りたくないのです。
私なんぞ、長くは生きていますが、それだけ。
大層なことがいえるほど偉い人間ではありません。

若い人は自分の好きなようにやったらいいんです。

どうしたらよいのか分からないというなら、「勝手にしろ」と言ってあげます。

突き放しているのではありません。
「とにかく、やってみろ」ということです。

なんでもやってみれば、その結果が必ず返ってきます。
そうしたら「思うままにやってもろくなことはないな」とわかるでしょう。

「思うまま＝我」でなにかをやってもダメだと実感したら、それから「考える」ようになるのです。

やってみて、ダメだったら原因を考えて、悪いところを理解して正していく。

人間はそのくりかえしです。
それでいいのです。

富山縣鉱業試験場
初代場長 伊藤宜良 胸像

在任期間：大正2～14年（1913～1925）

（写真は『未来を拓くものづくり、富山から』富山県工業技術センターより）

碑文

伊藤冝良氏は本場初代の場長にして明治三十五年七月富山縣立工藝學校教諭に任ぜられ中堅技術者の教育に努力すると共に他面地方産業の振興に思いを致され偶々之れが指導機関の必要を痛感し其の創設に盡力された結果大正二年四月に本場が開設せられたのである
同年四月七日場長に就任して本縣産業界のため特に銅器漆器業の育成振興に盡瘁し又一般縣民の生活改善にも日夜奔走されたのである
氏は大正十五年八月退職されたのであるが今日の業界の發展隆盛は一に氏の指導によるものであつて其功績多大である
本場創立四十周年に際しここに胸像を建立して氏の偉業を稱え後生に傳へるものである

昭和二十八年十月　富山縣工業試験場長北村利正　譔

伊藤一郎 家系図

祖父から脈々と受け継がれて
今日があります

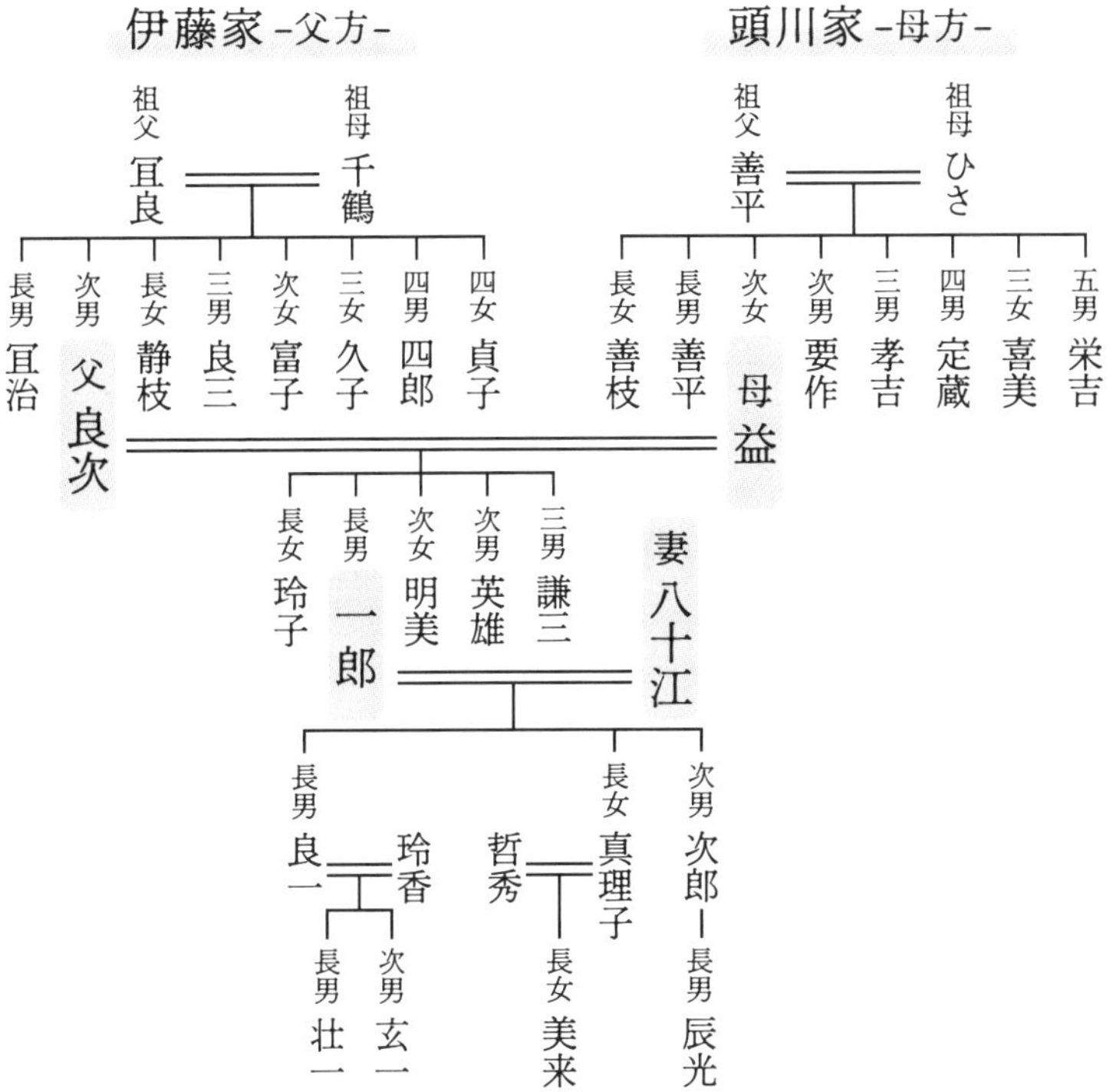

伊藤八十江（旧姓・松浦） 家系図

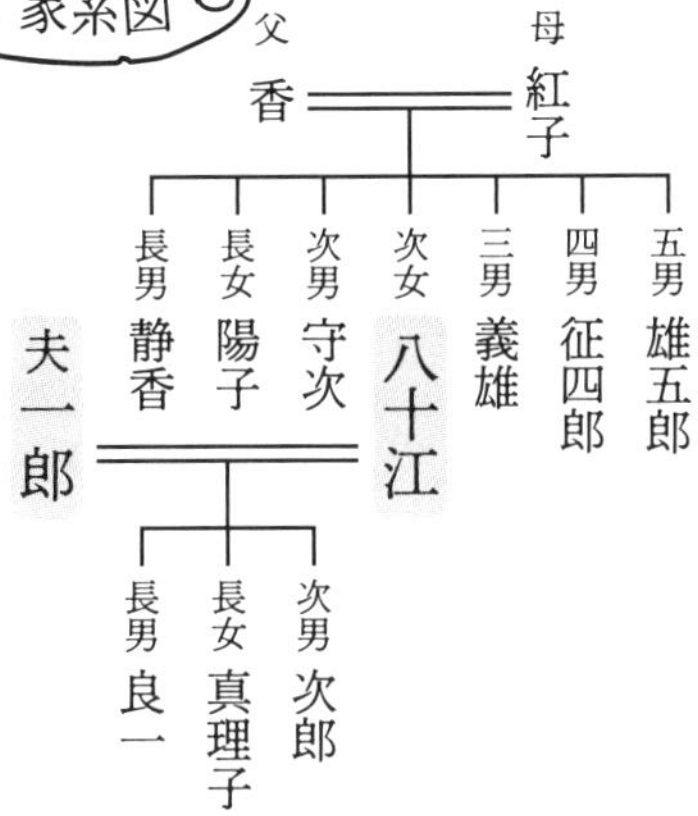

利他を是《ぜ》とする

石原結實

著者の「大方惣太郎氏」こと伊藤一郎社長の祖父君は富山県工業試験場の初代場長、父君はアイディの創設者、叔父さま二人は医師、そして伊藤社長ご自身も千葉大をご卒業と、頭脳明晰かつ努力を怠らないご一族と拝察します。

伊藤社長とのお付き合いは三十年以上になります。私が著書や講演で使うダジャレのほとんどは伊藤社長発祥です。

「オヤジやオジは優秀だったんだけど、私、弟、息子と段々出来が悪くなってね。孫はどんな大学に入るのかなぁ。でも、先生、東大に裏口入学する方法があるんですよ。

不忍池を背にしてまっすぐ歩いて行くと東大の裏門があるでしょ？　そこから東大に裏口入学できますよ、アッハッハ！」

果たしてお孫さんは、二〇一九年に表門から堂々と東大に入学されました。

学業面ばかりに触れましたが、伊藤家の芯の部分は「口ぐせ　その7　義理人情こそ沈黙の宝物」（64ページ）で語られていることにあると三十年以上のお付き合いから感じる次第です。

伊藤家における義理人情とは、利他の精神にほかなりません。

優れた能力と知恵を備え、利他を是とする。

伊藤家の芯は、これからも受け継がれていくことでしょう。

その6 口ぐせ

そうじゃなしに

自分が決めた形にして、
他人に責任をおっかぶせないんだね
（長弟・英雄）

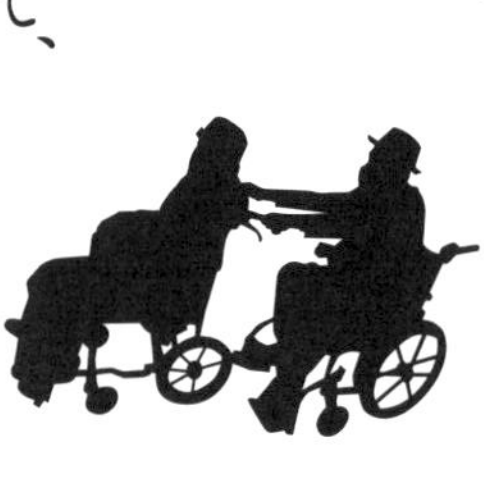

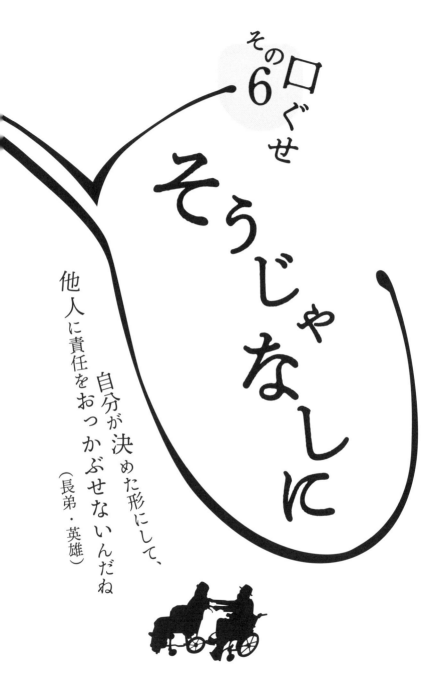

ニンジンリンゴジュースや断食健康法で多くのご著書があり、テレビご出演も多い医師の石原結實先生とは、家族ぐるみのお付き合いです。

二十年ほど前には「ヒポクラティック医療の源流に一緒に行きましょう」と誘われて、ギリシャ、ドイツ、イギリスと健康視察旅行にも行きました。

九十も過ぎると気軽に旅行というわけにはいきませんが、いまでも診察終わりの石原先生を引っ張って月に一、二回は馴染みの鮨屋に行っています。

石原先生とのダジャレの応酬《おうしゅう》に笑い転げ、時に合いの手を入れたりする長女の真理子もいつも同席させていただいています。

長崎ご出身の石原先生は種子島家の御殿医の御子孫ですが、堅苦しいところがなく茶目っ気のある方で、真理子と私を見比べてはいつも楽しそうにこうおっしゃいます。

「伊藤社長にカツラをかぶせたら真理子さん、真理子さんに禿げのカツラをかぶせたら伊藤社長」

昔よく通っていた熱海の大観荘の芸者さんたちが高齢となって、一人、また一人と亡くなっていくのが寂しく、私自身も地獄カントリーまでもうそこまでですから、元気なうちに挨拶をしようと家族で大観荘へと行ったときのことです。

大観荘の玄関までは一〇〇メートルくらいあり、さらに急な登り坂です。心配した真理子が車椅子を準備したのですが、初めて乗った車椅子の快適なこと！

「これは具合がいいな、時速一〇〇キロくらい出せる車椅子があるといいな」

「お父さん、それは自動車じゃない」

「まったくだ！アッハッハッ」

その真理子が、編集者とこの本の打ち合わせをしている際に、私の口ぐせとして「そうじゃなしに」を挙げました。

「ワンマンなんですよ〜、こちらの意見は『そうじゃなしに』と必ず却下して、結局、自分が決めるんですから」

あっけらかんと説明する真理子に、つい「そうじゃなしに……」と返しそうになって気がつきました。

確かに「そうじゃなしに」は、私の口ぐせのようです。

では、なぜこの言葉がしょっちゅう出てくるのか？

よい機会ですから、改めて「そうじゃなしに」と言うときの自分の思考を振り返ってみました。

私としては相手の意見を否定しているつもりはないのです。

毎日の暮らしは小さなものから大きなものまで、決断の連続といえます。

当たり前のように食事をとっていますが、それだって何時に食べるか、どこで食べるかという「決断」があってのことです。

決断のあとには「満足だった」「不満だった」と、なんらかの結果がついてまわります。

時にはその結果から「決断」のあり方を検証する必要もあるでしょう。

さて、結果に満足したら、次も同じ「決断」でよいのでしょうか？

仮に、結果が不満だったら、以降、絶対に同じ「決断」をしてはいけないのでしょうか？

私はそうは思いません。

結果の良し悪しはあくまでも物事の「一面」でしかないのです。

時と場合によってはひっくり返る可能性は多いにあります。

人の思考は、どうしても**物事のある一面に偏りがちですから、「そうじゃなしに」で視点を変えて別の面からも考える**必要があるのです。

くどいような考え方ですが、どうにもこれが性分です。

ときどき、「○○を一言で言うと?」という質問を受けます。これなど、対象をある一面からだけ見て表現しろということです。「○○」には、妻や子ども、孫たち、趣味のジョギングやゴルフなどが入りますが、毎回私の答えはひとつ。

「一言では言えません」

人だってなんだって、いろんな面があるのです。

そのために「そうじゃなしに」と視点を変えて意見を交わしたいのです。

「言いたいことはそれだけか！」――厳しき義父の一喝

婿・哲秀

義父は現在、九十歳を越えても現役社長を続けており、「世のため人のため」という思いをもって社会に尽くす姿は心から尊敬しているが、その後ろ姿からは「徳」という言葉がイメージされてくる。ただ同時に、ちょっと〝ピリリ〟と感じる「厳しさ」も感じられるが、それは義父の永年の経営者の経験から滲み出てくるものであった。しかし、それは人格から、そこはかとなく〝風〟のように伝わってくる性質のもので、リアルに感じる類いのものではなかった。

江戸時代から伝わる世に怖いものと言えば、「地震、雷、火事、おやじ」という四語があるが、まさにこれを実感する出来事が義父との関係で起きた。それは二十年数年前のある日、突然来た。私が、漫画の「サザエさん」で言うと、いわゆる「マスオさん」の立場で、墨田区にある東向島の義父の家で世話になっていた時のことだった。

当時、妻が出産で宇都宮の産婦人科近くのマンションのほうに母子共々いたのだが、私は仕事の関係で、単身で義父の実家に寄宿していた。

一室を借りて寝起きしていたが、ある朝、まだ寝床で寝ていて、つらつらと意識が朦朧としている時、突然、布団が宙を舞った。何事かと思うと、それは義父が私の布団をつかみとり、ガバッと引き剥がしたのだった。私の頭上に仁王立ちのようにそそり立って、大声で、「宅急便を宇都宮にいる娘の真理子に送る」と告げられた。

もしかしたら緊急なことかもしれないが、「それだけの用で？　寝床までズカズカと踏み込んでくるか？」と、とっさに不満の心が湧いたが、表面では「ちょっと待ってください。勘弁してください」と、わずかばかりの抵抗を示して〝泣きの言葉〟で返したが、それが逆効果となり、「何事か」とリビングのほうで叱られることになった。

率直に「何か言いたいことはあるか」と言われたので、「それでは」ということで、たまった不満と怒りを滔々と述べた、いや、感情をぶつけた。いつも模範的な〝マスオさん〟の態度でいた自分自身にとって、これは意外な展開だった。義父の胸襟を開いたストレートな態度に、ついつい本音をぶつけてしまった形となった。

義父は、その時、赤ら顔であり、同時に黒光りするような色で、一見、鬼のようにも映ったが、私の言い分にしばらく数分じっと目を伏せつつ無言でじっと聞いてくれ、その静かな顔は、まるで仏像の顔にも変わって見えてきた。

「ああ、これでわかってくれたんだな」とホッとしたその瞬間だった。義父が突然、顔を上げ、一喝する禅僧のような声と鋭い目で、「言いたいことはそれだけか！」と叫んだのである。レーザー光線のように射しこんでくる威嚇する両眼と、時間が止まったような感覚。

「えっ？」と、突然の〝反撃〟にたじろぎ、私は頭が〝真っ白〟になった。

そこには、朝の布団に突然、猪のように踏み込んできた義父の迫力をさらに越えた、まるで全長十メートルくらいの巨大な〝仁王像〟のような圧倒的な義父の屹立《きつりつ》する姿があった。

「怖いな」と心から思えた――。

これが世に言う「地震、雷、火事、おやじ」の「おやじの怖さ」だなと。

娘と初孫に対する愛から生まれている、「少しでもなんとかしてあげたい。役立つ物を少しでも送ってあげたい」という思いが、そこには感じられた。

愛情から出る怖さでもあった。

振り返れば、なにかにつけて「仕事、仕事」と〝仕事最優先〟の私は、苦労して出産した妻の気持ちも当時はほとんど顧みず、また、生まれたばかりの赤ちゃんへの思いが弱かった。だから、義父は、「父」の立場である私に成り代わって、「婿よ。妻と子への愛とは何かをもっと真正面から見つめろ」と、暗に行動で示し、教えてくれたと思える。

その瞬間は、わからなかったが、今にして思えば、そういう禅僧の一転語《いってんご》のような戒めだったと思う。

「言いたいことはそれだけか！」という一喝は、私の不平不満や妻子への考え違いを、壁を壊すが如く粉々にし、正してくれた。

それにしても、さすが海千山千の修羅場を乗り越えて、人を指導する経営者の「人間学の達人」である。〝人生の先輩〟としての老獪さもそこにはあった。まず、「言いたいことは何かあるのか？」と聞く耳を持ち、本音を語らせ、しばらく何も言わずに集中して相手の言い分を聞き、最後に、「言いたいことはそれだけか！」と迫っていく。

〝昭和のおやじ〟の怖さを改めて体感したと同時に、「家族愛」の深さと、同時に「厳しさ」という「寛厳《かんげん》自在な愛」の姿を教えてくれた。

ちょっと〝荒っぽい〟指導だったかなと感ずることもなきにしもあらずだが、「おやじ」とは何か、「おやじ」の威厳について深く体験し、また、〝伊藤一郎・人間道場〟の中で、義父の違った一面を垣間見た、懐かしい思い出の一コマである。

口ぐせ その6　そうじゃなしに

口ぐせ その7

義理人情こそ沈黙の宝物

困った方に「返却無用」で送金したり
黙ってサッとサポートするのが社長の美学です
（アイディ工場長・林）

曾祖父の伊藤次郎右衛門は福井県坂井郡（現在のあわら市、堺市、福井市の一部）の蔵垣内という農村で自作農として米をつくっていました。

小さな村であり、村民同士のつながりはそれはそれは強いものでした。冠婚葬祭ともなれば、その支度を皆で手伝います。単に作業を手分けするということではなく、生まれてから死ぬまで一緒の村民です。悲しみや喜びを皆で分かち合うという意味もあったのでしょう。

たまに大道芸人がやってきたら村中総出で楽しみ（そのなかで家にこもって本を読んでいたのが祖父ですが）、ハレの日には集まって祝い膳を囲むのが習わしでした。

そんな古き良き日本の農村で、伊藤家は代々地域の世話役のような立場を担っていました。

曾祖父は収穫後は、できあがった米を俵詰めして販売します。

このとき、曾祖父は**必ず「掌《てのひら》に一杯、余分に」米を入れた**そうです。

この曾祖父独自の流儀は皆が知るところとなり、曾祖父が売る米は計量は無検査で取り引きされ、販売後のトラブルも皆無だったとのこと。

普通なら「掌一杯分でも、積もり積もれば一俵にもなって大損だ」などと考え、「正確でなにが問題あろう」とキッチリ計ってしまうところです。

悪い人なら曾祖父とは反対に「掌一杯分を引いてしまえ」となるかもしれません。

先ほど「地域の世話役」と書きましたが、お上から拝命した正式なお役目というわけではありませんでした。

「掌一杯分の米」の精神が村の人の信頼につながり、自然と世話役のような立場になっていったようです。

祝い事があれば自宅を開放して皆をもてなすこともしょっちゅうでした。

台所を采配《さいはい》する曾祖母は、事情で出席できない村人には宴が始まる前に重箱に入れたご馳走を届けたそうです。必ず**「残り物ではないですよ。一緒にお祝いしましょうね」**と言い添えて。

豊かではない時代、ご馳走は滅多に口にできません。娯楽のない小さな村で、皆で集まって歓談に興じる「およばれ」の日をどれだけ心待ちにしていたことか。

やむにやまれぬ事情があってのことでしょうが、「およばれ」に出られぬ人の孤独はそれはそれは深いものだったのです。

その寂しさを癒やし、共同体からはみ出てしまわぬようにそっとつなぎとめる。「宴の前」に「残り物ではない」と言い添えて届けるところに、「世話役」の気遣いを感じます。

曾祖母は小作の人に着物を譲る際も、わざわざ洗い張りをして、繕いをして縫い直してと、万端整えてから渡したそうです。

お下がりに多少の汚れやほつれはつきもので、貧しい時代にそんなことを気にする人もいなかったでしょう。

曾祖母の思いを想像するに「施し」になるのを嫌ったのではないでしょうか。

相手の気持ちに曇りを残してしまうような「施し」ではなく、明るく喜んでもらえる「贈り物」をしたかったのでしょう。

お上から仰せつかった役では、こうはいかなかったかもしれません。

地域の方もまた、そうした曾祖父母を敬愛してくださったようです。


勤勉で体も健康だった曾祖父ですが、ある年のこと、よりによって大事な田植えの時期に体調を崩して数日伏せってしまいました。

病の床で田植えができないことをそれはそれは悲しんだそうです。

ようやく病が癒えたら、米作りに携わる人の性なのでしょう。田植えをしていない田んぼが気になって仕方がありません。

まだ足下がふらつくなか、それでも田んぼの様子を見に行くと、田んぼの有様に曾祖父は仰天します。

青々とした苗が整然と植え付けられているではありませんか。


村の誰かが、体が動かない曾祖父の代わりに田植えを済ませてくれたのです。

曾祖父はたいへん感激しました。

すぐにお礼をしようと誰がやってくれたことなのか聞いて回りますが、名乗り出る村の人はいません。

結局最後まで誰の好意なのか分からず仕舞いでした。


感謝や見返りを期待するのではない。

その人の笑顔を自分の喜びとする。

巡り巡って、思いがけず大きな喜びがもたらされることもあるかもしれない。

昔々の小さな村でのできごとです。

さて、時代は変わって現代。

皆さん、「ドネーション（donation）」という言葉はご存じでしょうか。

寄付という意味ですがお金だけでなく、病気の治療で髪の毛が抜けてしまった方のカツラにするため毛髪を提供する「ヘアドネーション」もあります。

私が「ドネーション」を知ったのはライオンズクラブに入会してからです。

そして、ドネーションのありかた、つまり「善意」のあり方を考えるようになりました。

日本で「寄付」というと、町会の寄付、お祭りの寄付、お寺の寄付など、イヤなのに無理矢理出すというイメージがなんとなくあります。

私が卑しいのでしょうが本来の目的に充てられるのは一部で、大方、役員の鉢洗い（祭礼後の反省会や打ち上げ）に使われるのではないかと勘ぐってしまうのです。

骨折ってくださる方々が多少の飲み食いに使うのは納得しているのですが、お祭りなどに代表される「日本の寄付」と「ライオンズクラブのドネーション」を比べると、国民性や文化のちがいを感じてしまいます。

お祭りなどの寄付は「隣はいくら出したかな」「あの家の格ならこれだけは出さないと」など、寄付の目的とは関係ない「金額」ばかり気になってしまいます。

一方、ライオンズクラブのドネーションは「喜捨《きしゃ》」。金額よりも気持ちを重視し、現にアメリカのライオンズクラブでは三ドル、五ドルが「ビッグドネーション」扱いです。

私自身、機会があればライオンズクラブ流の「ドネーション」を心がけています。

ユニセフ、赤い羽根共同募金、災害や事件被害者への募金などなど。

金額はわずかですが、協力する気持ちをもっていたいのです。

ドネーションを通じて**自分もその出来事に多少なりとも関わり合うことで、連帯感をもつ**ことができるような気がするからです。

当事者だけに孤独な戦いをさせるのは忍びないではないですか。

善意というのもおこがましい。
気軽なドネーションなら互いの心の負担にならず喜んでできること。
出した時点でサッパリ忘れてしまうくらいが丁度いいのです。

「男気」の美学

石原結實

私が伊豆高原に健康増進を目的とする保養所（ヒポクラティック・サナトリウム）を設立したのは昭和六十（一九八五）年のことでした。

保養に訪れる方よりもスタッフのほうが多いといった状況が長年つづき、印税やテレビの出演料、全国各地での講演料を全てつぎ込んでどうにかこうにか経営していました。

そんな苦境を脱するきっかけをつくってくださったのが元東京都知事の石原

慎太郎先生と盟友の上智大学名誉教授・渡部昇一先生です。

お二方が定期的に施設を利用してくださるようになり、それぞれのご高著で私の提唱するジュース断食の効能について紹介してくださったおかげで、段々と利用者が増えて現在に至ります。

そのサナトリウムを利用してくださっている有志の皆様が集い発足したのが「ニンジン会」。名前はサナトリウムで提供している「ニンジンリンゴジュース」にちなんでいます（146ページ）。

スタートして三十年のこの会の「名誉終身会長」が伊藤社長です。

ご本人は「とてもとても」と固持なさったのですが、「伊藤社長しかいない」という嘆願に押されてお引き受けいただいたしだいです。

さて、渡部先生も伊藤社長も昭和五（一九三〇）年の生まれ。どちらもそれぞれの分野でひとかどの名を成した方であり、午年どうし馬も合う。

そして、伊藤社長のご長男（現アイディ専務・良一氏）は「渡部昇一先生のおっかけです」と仰るほど。ご著書はすべて読破しているというのですから、私同様「知の巨人」に魅せられた一人であります。

これもなにかのご縁と、ご長男が結婚なさる際に渡部先生との会食の機会をつくったのでした。

新郎新婦の門出を祝うため、渡部先生ご夫妻、伊藤社長ご夫妻、私ども夫婦と、計四組の夫婦が向島の料亭に集まりました。

料亭ではお座敷で芸者さんが出迎えてくれたのですが、経験が浅いのかカラオケとお酌ぐらいでなかなか「お座敷遊び」らしくなりません。

そこで一肌脱いだのが伊藤社長。虎虎（じゃんけんのようなゲーム）から座敷歌から、ありとあらゆる芸を披露し、その達者ぶりに座はたいへんに盛り上がり、笑いに包まれた会となったのでした。

若いお二人のお祝いの会なので、もちろん支払いは私がと申し出たのですが伊藤社長に軽くいなされてしまいました。

ずらり並んだご馳走、ワインの銘柄などからして、軽く見積もっても一〇〇万円近くいったのではないでしょうか。

ご長男の慶事を心から喜ばれていた面もあるでしょうが、伊藤社長の男気なのだと思います。

社員の方がトラブルに巻き込まれた際は単身先方に話しをつけにいき、「外を見たい」と退職した社員が困窮していると聞くと「戻ってこい」と声をかけ、経済的に行き詰まった知人には無利子無催促でまとまった額を渡す。

ご本人は決して口外しません。

伊藤社長とは長い付き合いですが、ご自身の積まれた「徳」について教えてくださらないのです。

社長の美学に反するのでしょう。

情報提供者は……私も男気を発揮して口をつぐんでおきましょう。

口ぐせ その8

人との縁を大事にする、マネーの『円』と同じだよ

「昭和のおやじ」らしい「熱い人」です（婿・哲秀）

「袖振《そでふ》り合《あ》うも多生の縁《えん》、一日の大半を一緒に働く私たちは、深い縁のもとに集まって来ていると思います」

これは、会社の創立四十周年記念日のときの家内の挨拶の言葉です。

毎月最終土曜日には、本社と工場で合同の誕生会をおこなっています。会食の前にその月が誕生日の社員にお祝いの言葉を述べ、プレゼントを贈るのが恒例です。

そのうちに私や家内の誕生日にも社員からプレゼントを贈られるようになり、毎年、創立記念日にはお礼の品を返すようになりました。

冒頭の挨拶はそのときのものです。

誕生日や記念日というのは、いいものです。

縁あって一緒に働くようになった仲間に、改めて感謝を伝えられるのですから。

一般社団法人内外情勢調査会（時事通信社の関連団体として設立され、全国の経営者や諸団体のトップを会員としている）は、国内外のさまざまな事柄について会員向けに講演活動などをおこなっています。

講演会で感銘を受けたお話をご紹介しましょう。

講演のテーマは次の数式です。

100−1＝0

100＋1＝200

不可思議な式で、ちょっと謎解きのようですね。

これは、ディズニーランドを舞台にしたエピソードです。

とある三十歳代とおぼしきご夫婦が「二人」でディズニーランド内のレストランに入ってきて、大人用のランチ二人前とお子様ランチをひとつ頼まれたそうです。

注文を受けたスタッフは「お子様はいついらっしゃるのかしら」と様子を見ていたのですが、なかなか姿を現しません。

もしや注文を聞き間違えてしまったのかと心配になって夫婦のもとに確認に行くと「いいえ、いいんです」とのお答え。

スタッフの怪訝《けげん》そうな表情に気がついたのでしょう、夫婦は理由を語ります。

「私達には幼い娘がいたのですが残念ながら病気で旅立ってしまいました。元気になったらディズニーランドに行こうねと約束していたので、今日はその約束を果たしに来たんです。だから、お子様ランチをお願いします」

スタッフは「失礼しました」と静かにテーブルから離れました。

このとき、スタッフは胸が詰まる思いだったでしょう。

夫婦の悲しみに強く共感したはずです。

やがてスタッフはできあがった大人用ランチを夫婦それぞれの前に、お子様ランチを夫婦の間の空間に運びました。

そして、お子様ランチの前に、そっと子ども用の椅子を持ってきてセットしたのでした。

夫婦はスタッフの心遣いに感激し、帰宅後にお礼の手紙をしたため社長へと送ったそうです。

娘を失った悲しみを抱えた夫婦に、このスタッフの優しさはどんなにか染みたことでしょう。

ディズニーランドの大ファンになったことは想像に難くありません。

おそらく、友人知人にもこの話を伝えるでしょう。

内外情勢調査会の講演会でテーマになるほどですから、友人知人も、そのまた友人知人に語って聞かせたはずです。

ここで講演のテーマに戻りましょう。

100－1＝0

100＋1＝200

「100－1＝0」とは、「100（全員）」の努力も、たった一人の無神経なおこないによって「0（ゼロ）」になる危険性を示しています。

反対に、たった一人のすばらしい心遣いは、「100＋1」を「200」にも拡大する可能性を持つことを意味しています。

なにも難しい話ではありません。

私は上野に住んでいますが、ごまんとある飲食店のなかでも、何度でも通う店と、二度とごめんの店とがあるということです。

縁を繋ぐのも、繋がないのも、人の心しだいです。

人との出会いは全て「勉強」の場といえます。

つきあいを損得だけで考える。

相手の知識や経験さえ引きだせばそれでよい。

利益だけを上げればあとはなんでもよい。

こんなことでは、繋がる縁も繋がらず、無味乾燥な日々となってしまいます。


まったく、つまらない。


もちろん、知識も利益も大事です。

しかし、それは品性と人格があってこそ生きるものです。

品性、人格なき知識や財産は、社会にとって害となるだけです。


会社、学校、趣味の場など、人との出会いの場はいたるところにあります。

「袖振り合うも多生の縁」。

人との出会いはすべて勉強。

「縁」は魂を磨く術《すべ》としたいものです。

口ぐせ その8　人との縁を大事にする、マネーの『円』と同じだよ

その9 口ぐせ

いい加減は、よい加減

ダジャレが大好きなんです（孫・美来）

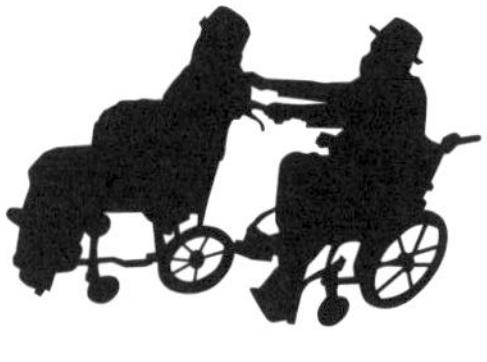

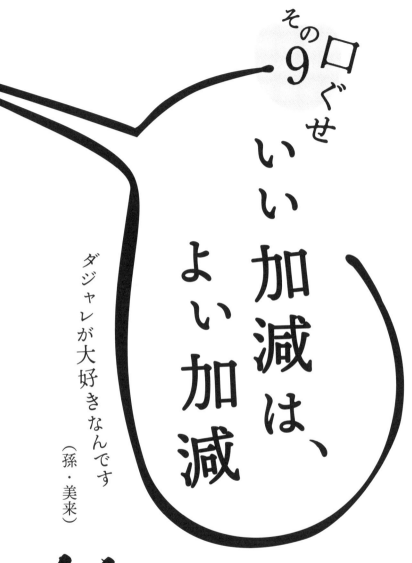

刊行にご尽力をいただいた医師の石原結實先生とは、もう三十年以上のお付き合いです。今までに出版なさったご著書は３００冊以上、テレビやラジオへのご出演、講演会などはもう数え切れないほど。

知り合った当時から今現在に至るまで、石原先生のご活躍は変わりません。長きにわたって第一線で活躍できるのは、人からの求めがあってこそ。石原先生の提唱する健康法が、真に「人のため」になっているからです。実に多くの人の健康や命を守ってきた方なのです。

全く分野はちがいますが、乾燥剤をつくっている私どもの仕事も似たようなところがあります。

商売よりも先に「人のため」という思いがあること。

受け入れられ、求められ、長くつづけるための唯一の方法ではないでしょうか。

さて、おかげさまで私も石原先生直伝のニンジンリンゴジュース（141ページ）を愛飲して、この年まで元気に過ごしております。

石原先生が提唱する健康法は単純明快で、実に腑に落ちるものです。

石原先生流の健康法

体熱を保つ（平熱で三六・五度が理想）。そのために次のことを実践する。

- □ **ニンジンリンゴジュースやショウガ紅茶を常飲する。**
- □ **少食であれ。**
- □ **適度な運動を日課にする。**
- □ **明るく前向きであること。**
- □ **たくさん笑うこと。**

どうですか？

ひじょうにシンプル。説得力がある。

パッと読んだだけで、細かな理屈を知らずとも感覚的に「よいものだ」とスッと入ってくるのではないでしょうか。

そして、独特だなと思うのが、心の持ちようへの言及です。

笑うことで健康になる。

これは「石原先生流」の健康法の大きな特徴ではないでしょうか。

石原先生は川柳からダジャレから持ちネタが幅広く、会う度に大笑いです。

会う度に健康にしてもらっているということでしょう。

そして、この「笑い」に絡めていろいろなご著書で私の話を紹介してくださっています。

例えばこんな調子です。

『ある時、「来月は7日《なのか》か8日《ようか》にお会いしましょうか」と私（編注・石原結實医師）

が言ったら、「何《なに》か用《よう》か、アッハッハッハ……」と。』

『私の次女、美華が幼い頃、社長が「美華ちゃん、大きくなったら何になりたいの？」と尋ねられた。美華が返答に窮していると、「わかった、大人になりたいのね。アッハッハ」。』

『2人で自然食レストランに食事に行った折、ウエイトレスが「添加物のない、体にとても良いビールがありますが……」と奨めるので注文。しかし、飲んでみると美味しくない。2人で顔を見合わせると、伊藤社長はすかさず「ウエイトレスさん！　体に悪いほうのビールを持ってきてください！　アッハッハ」。』

『(編注・ハゲ頭の親友と2人でアイスクリーム屋にハーゲンダッツを買いに行ったとき)「禿げだ2《ツー》、アッハッハ」とおっしゃると、店員の女性が笑いころげていた。』

（『「感謝」と「利他」の心が人生を幸せにする』（石原結實著・ビジネス社））

その場限りの口からデマカセなので、言ったそばからすっかり忘れています。

石原先生のご著書で拝読して「へえ～」と思うほどです。

これぐらい「いい加減」なほうが本のネタにしていただけるんですから、「いい加減は、よい加減」なのです。

「笑い」は優しさ

石原結實

伊藤社長がダジャレやジョークを連発するのは、その「お人好し」に由来していると拝察しております。

昭和のおやじギャグの手本（?）のようなダジャレもありますが、ときに切れ味鋭いユーモアも飛ばすお方です。

笑いの幅が広いので、どの方角から飛んでくるか分からないネタに、周囲は意表を突かれていつも大笑いです。

すると、ご本人は「また笑わせないと、退屈させてはいけない」とばかりに、次々にダジャレやジョークを連発してくださいます。

昭和三十年代はキャバレー文化全盛の時代でした。

伊藤社長は飲み仲間と新宿のキャバレーに繰り出しては、何人ものホステスにチップの大盤振《おおばんぶ》る舞い。

電車賃もないほどスッカラカンになって新宿から墨田区向島まで四〜五時間かけて歩いて帰ったとのこと。

やっとのことで家に着いても一悶着《ひともんちゃく》です。

たいそうオカンムリなお父上に怒鳴られ叩《はた》かれ、やっと家に上がるのを許される。

なかなか剛毅《ごうき》な話ですが、私は伊藤社長の優しさを感じて、少しホロリとくるのです。


ホステスさんのなかには訳ありの方も多かった時代です。

ほんの数時間でも、なんの偶然か一緒に酒を飲むことになった彼女たちを、連れだった飲み仲間と同じように、笑わせて楽しませたくなる。


下心があればみんなにチップをばらまく必要などありません。

お気に入りだけに握らせればいいのです。

伊藤社長は、皆を楽しませたいのです。

だから、ダジャレもチップも出し惜しみなんかしません。

その後、酔い覚ましには長すぎる距離を、ひとり歩いて帰ることがわかっていても。

伊藤社長は、そんな男なのです。

1章

目に見えないところに
アイディアが光る人生成功学

株式会社アイディの始まりは「親、祖先のおかげにいつも感謝！」（口ぐせ その540ページ）で紹介した祖父の宜良《よしなが》に遡《さかのぼ》ります。

先にふれたように、祖父は若い時分から学問一筋でした。根っから研究が好きだったのでしょう。教職を退いたあとも吾妻橋の家から上野の図書館まで、暑さ寒さもかまわず毎日通っていたそうです。

次々に発想があふれてきたのです。
その発想をどうにか形にできないか。
仮説を立てて検証を進める。
必ず障壁《しょうへき》が出てくる。
ひとつの障壁をとりのぞこうとすると、さらにいくつもの課題が発生する。
こちら立てればあちらが立たず。
なんとか両立させるには……。

図書館に日参して自然科学の本を片っ端から借りていく祖父は、ちょっとした話題になっていたのでしょう。

館員から「お名刺をください」と声をかけられたこともあったとか。

祖父くらいの年代の人が借りる本といえば、盆栽、小説など趣味のものが多いので、かなり異質だったわけです。

「一体、何者なんだ」といったところでしょう。

祖父は**「当たり前のこと」**を**「そんなものだ」と受け流さない人**でした。
ある日、祖父の首筋に吹き出物ができてしまったときのこと。

着物の襟がすれてたいそう痛い。
ふつうなら襟をずらすか、吹き出物にガーゼをあてるかするところですが、祖父はひと味ちがいました。
私の母に**「襟のない着物をつくることはできないか」**と相談してきたそうです。
ちょっとした**不便をがまんしたり、不便のもと（着物の襟）に自分を合わせるので**

はなく、その不便のほうに手を加える。

そんな発想ができる人でした。

「襟なし着物」こそ誕生しませんでしたが、祖父自身はいろいろと作りだしています。

戦争の気配が色濃くなってくると、ゴムや皮革など輸入に頼っていた物品がどんどん品薄になっていきました。

そこで、祖父は小学生の運動靴のゴム底の代用品を開発します。

開発製品の性能試験担当者に選ばれたのが、当時小学生の私です。

なんてことない、毎日、その靴を履いて登下校、放課後の遊びをするだけのことですが。

喜んでその役を仰せつかったのはいいのですが、その代用品は柔軟性が低いため履き心地がすこぶる悪い。

早くダメにして新しい靴を買ってもらおうと、飛んだり跳ねたりしてもビクともしない。

柔軟性はさておき、たいへん丈夫ではあったわけです。

仕舞いには引きずって歩いたり、やたらめったら何かを蹴っ飛ばしたり、とにかくこの硬い靴底が破れるようにさんざん悪さをしました。

ある日、どれどれと靴底を確認した開発者の祖父は、想像以上にボロボロの様を目の当たりにします。

「こんなに耐久性が低いと製品化はできない」

自信作だったのでしょうか。たいそうがっかりしていました。落胆する祖父の様子に、悪いことをしたなと心が痛みました。

が、あの商品は耐久性よりも装着性に大いに問題があったので、やはり製品にするのは難しい。

試験担当者として市場に出るのを阻止したのはまちがっていなかったといまは思うのです。

数十の特許のなかのひとつが「乾燥剤」

祖父が富山県鉱業試験場の初代場長を務めたのは前述の通りです。

彼の地の「高岡銅器」は約四〇〇年の歴史を誇ります。

加賀前田藩の肝煎《きもい》りで鋳物《いもの》工場を立ち上げたのが始まりで、現在に至るまでその伝統は継承され、全国のお寺の鐘や仏像の九割以上が高岡市でつくられているとのことです。


歴史と伝統は優秀な職人の技によって支えられています。

そして、**多くの場合「歴史と伝統」に、人は手を出さない**ものです。

そのままの形で守り、次につなげるべきものと考えます。

しかし、祖父は、その職人芸を工業化できないかと考えた人でした。

果たしてそれがよいことかどうか。

私にはわかりません。

職人か、産業界か、消費者か。

それぞれの立場によって「職人芸の工業化」への意見は異なるでしょう。

当時も批判的な人は多かったと聞いています。

もちろん祖父もそうした批判は覚悟していたことでしょうが、なにより己の信念に忠実な人でした。

思わぬニーズから生まれた「乾燥剤」

突拍子もないような発想と、それを実現化するための検証を怠らない祖父は、数十の特許をもっていました。

そのなかのひとつが乾燥剤です。

さて、突然ですが、ここでクイズです。
祖父が乾燥剤を開発するきっかけになったのは、次のどれでしょうか。

【1】米
【2】唐辛子
【3】生糸《きいと》

塩が湿気《しけ》ないように米粒を容器に入れることはよくあります。
唐辛子は、その米の虫よけに使われますね。
どちらも乾燥に関連がありそうですが、答えは【3】生糸です。

生糸と乾燥剤。
一見、関わりのなさそうなふたつが、どうつながっていったのでしょうか。
生糸は大正から昭和始めにかけての日本の主要輸出品のひとつでした。
生糸は、蚕《かいこ》が糸を吐いてつくった繭《まゆ》を乾燥させ、数個の繭からほぐした糸を撚《よ》りあわせてつくります。

蚕が糸を吐いて繭をつくる部屋を上蔟室《じょうぞく》といい、その部屋の温度・湿度は糸の品質に大いに影響してきます。

真夏の暑い日には人間でも口で息をしてハアハアいいますよね。

蚕も同様でハアハアいうのです。

そうして吐いた糸は、表面を覆っているグリシンという蛋白が串に刺した団子のようになってしまいます。

その糸を撚糸して女性のストッキングなどつくろうものなら光が乱反射して脚線美が歪んでしまうため、蚕を「ハアハア」させてしまっては、できた生糸は一級品として販売できません。

高い品質を保つためには上蔟室の湿度を下げる必要があるのです。

そこで乾燥剤の発明となったのでした。

最初の商品は鉱滓綿《こうさいめん》（ガラス状の繊維）に塩化カルシウムを染みこませて熱乾燥させたものです。

それを一五センチ×一八センチ、厚さ三センチほどの四角いサイズに整え、径五ミリほどの穴を開けて金網で包み、針金で縛っていました。

ひじょうに吸湿力が高く、それゆえ潮解《ちょうかい》（湿気を吸ってやわらかくなること）でぐちゃぐちゃになるので、金網と針金でホールドしたのです。

金網と針金でしっかり形が保たれると、空気中の水分を吸湿しても熱乾燥させれば反復使用できます。

いまや当たり前となった「エコ」の発想をいち早く取りいれたものといってよいでしょう。

このあたりも、祖父の先見の明を感じるのです。

一般消費者には無縁のものだった

祖父が開発した乾燥剤は、工業用に重宝《ちょうほう》していただきました。薬のカプセルのように熱をかけずに湿気を飛ばす必要がある製品の乾燥にお役立ていただくため、乾燥剤と乾燥機をセットで販売したのです。

お得意先は製薬会社さんが多かったので業界的には少々知られた存在でしたが、一般にはほぼ無名。

今でこそ、乾燥剤といえば皆さんの暮らしのあちこちでお役立ていただくようになり、「お菓子に入ってるアレね」とすぐにわかっていただけますが、当時は知名度が実に低かったのです。

「乾燥剤？　なんだそれは」

こんな感じの反応でした。

製造工程で用いられることが多く、一般の方の目に触れる場所に乾燥剤はなかったのですから当然といえば当然です。

わかっていても小学生だった頃の私は、保護者の職業欄に「乾燥剤製造販売」と書くのがイヤだったなあ。

いま思えば罰当たりなことですが。

戦争で乾燥剤が一般にも広がる

祖父の発明した乾燥剤を商材として、父が会社を興《おこ》したのは昭和五（一九三〇）年。私が誕生した年と両親から聞いています。

個人営業の「大方工業理化研究所」からスタートし、昭和一六（一九四一）年に「日本低温乾燥工業株式会社」、平成二年に「株式会社アイディ」になりました。

アイディの名づけは父で、由来はアルファベットの「I」と「D」。

「I」は「ideal」（理想的）の「I」。

「D」には次のふたつの意味を含ませています。

アイデアル・ドライヤー（ideal dryer）（dryerは「乾燥機」の意）
アイデアル・デシカント（ideal desiccant）（desiccantは「乾燥させる（力がある）」の意）

父は「理想的乾燥剤を社会に提供していく」という志を社名にこめたわけです。

ちなみに、「アイデアル・ドライヤー」は創業当時に扱っていた商品の名称でもあります。

「アイデアル・ドライヤー」と大書した看板を店先に掲げていたといいますから、文字通りの看板商品だったわけです。

しかしながら、先に申し上げたように乾燥剤自体の一般の知名度はほぼゼロ。堂々と掲げられた「アイデアル・ドライヤー」の看板を見て、クリーニング屋さんとまちがえて衣類を持ち込んでくる人はしょっちゅうだったそうです。

さて、昭和初期といえば、世の中はたいへんな不景気でした。

父の苦労はいかばかりだったでしょう。
それでも東京・日本橋馬喰町《ばくろちょう》に本店、向島吾嬬町《あずまちょう》に工場。
大阪・北久太郎町に支店をおくほどになりました。
事業展開は相変わらず製薬会社などの法人ばかりです。

昭和一四（一九三九）年九月一日。
ドイツがポーランド進撃を開始。

戦争が段々と激しくなるにつれ、事業にも変化が生じます。
主軸が医薬品から食品の乾燥へと移っていったのです。

当時九歳の私にとって店舗は家の延長のようなもの。
たまたま馬喰町の店舗にいたときのことです。
個人で乾燥剤を買いに来る方がちらほら見えました。

なんといっても「乾燥剤」の知名度は一般に低い時代です。それまで「乾燥剤？　なんだそれは」と散々言われてきたのですから、個人で乾燥剤購入はいかにも不思議だったのです。

なぜ突然？

「戦争への不安」です。

戦争初期の頃は、まだいくらか物資が手に入りました。徐々に激しくなる戦火への危機感から「今のうちに」と人々は買いだめに走ったのです。

しかし、せっかく買いだめしたところで冷蔵庫などなく、冷凍保存できるわけでもありません。

買いだめした品々を長期保存するために、それまで「乾燥剤」とは無縁だった一般の方々が、その利用価値に目を向けてくださったのでした。

昭和一六（一九四一）年一二月八日。
日本がハワイの真珠湾を攻撃。太平洋戦争勃発。

極東の小国である日本にとって、食糧確保は喫緊《きっきん》の課題となっていました。軍の乾燥野菜をつくる計画が持ち上がり、父は「日本低温乾燥工業」という名の会社を設立します。

しかし、戦争が激しくなると新規事業どころではなくなります。結局終戦を待たずして昭和一九年にその会社は解散です。

そして空襲によって店舗や工場は全て灰塵《かいじん》に帰し、戦後再出発となりました。戦争に翻弄された時代をしのぎ、敗戦を乗りこえて、いよいよ乾燥剤の会社として飛躍！

というわけにはいかないのでした。

乾燥剤から塩へ

昭和二十（一九四五）年八月一五日。
ついに終戦。

そのときの伊藤家は父が東京、母と子供達は高岡の親族の家に疎開と離れて暮らしていました。

中学三年生だった私は、陸軍第一造幣局《ぞうへい》の工場の旋盤《せんぱん》で高射砲《こうしゃほう》の信管づくりに従事していました。

その工場の広場に全員が集められて玉音《ぎょくおん》放送を聞いたのでした。

陛下のお声は雑音にまぎれてしまい、なかなか判然としません。

それでも「日本が負けた」ということはなんとなくわかりました。

私達は「絶対に勝つんだ」と教育を受けてきました。

勝つことを心から心から信じていたのです。

敗戦といわれても到底受け入れられず、血判署名を交わします。
若いとは純粋なものです。

しかし、血判署名にこめた真っ正直な思いも、ほんの数日ですっかり忘れてしまいました。

薄情なもんだと思いますか？

灯火管制がない夜、明るい電灯の下で息を潜めることなく暮らせる。
それまでは黒い布で電球を覆い、それでもちょっとでも光が漏れようものなら国賊呼ばわりされたのです。
戦争が終わった。
開放感と喜びといったらなかったのです。

東京の向島の家はどうにか焼け残っていたので、家族は全員、東京へ引き上げます。

久しぶりの東京は、疎開前と一変していました。

街には人があふれています。

我々のように疎開先から戻ってきた人、復員して来た軍服姿の人、なにやらぱんぱんに詰めたリュックを背負った人、人、人。

闇市もたいへんなにぎわいで、食料を始めとしてあらゆる生活物資が出まわり始めました。

しかし、価格は天井しらずのウナギのぼり。

生活の実感としては、戦時中の方が統制がとれており細々ながら食料も配給がありました。戦時中に闇でなにかを流すというのは大罪で、大げさでなく命がけになることもあるのですから誰もできなかったのです。

特別な伝手《つて》でもない限り、市井《しせい》の人々は竹の子生活（竹の子の皮をはぐように衣類や持ち物を売って）で食料を確保するしかなく、全く**「我が青春に食い（悔い）なし」**の状態でした。

皆が食べることに必死な時代です。
乾燥剤をつくったところで見向きもされないのは明らか。
父も世の中の状況を見て、「いまは口に入れるものでなければ売れない」と判断します。

どうする？
なにをつくる？

光明をもたらしてくれたのは、祖父が開発し特許をとっていた製塩法でした。

その製塩法に従って、早速塩づくりです。
伊豆の西海岸の三津浜近くの重寺《しげでら》で汲みあげた海水を濃縮し、鹹水《かんすい》（濃い塩水）をつくり、それを松丸太《まつまるた》の薪《まき》で一晩焚《た》くと塩が完成します。

こうして完成した塩は重寺までお客さんのほうから買いに来てくれたのですが、だんだん物資が出回るようになると客足がパッタリ遠のきます。

こうなると、こちらから出向いていかなくてはいけません。

できたての塩二十キロをリュックに詰めて、肩に紐を食い込ませながら伊豆から東京までせっせと運んだものです。


しかし、塩は当時の統制品でしたから（だから売れるわけでもありますが）、見つかったら没収です。

苦労してつくった塩を、これまた苦労して運ぶ途中、沼津の駅で没収されたときの情けなさといったら……。

泣くに泣けない思いをしたものです。

トウモロコシから醤油？

小規模でカツカツでやっている製塩の限界が見えてきた頃。

援助物資として入ってきたアメリカのトウモロコシの粉末が配給されるようになりました。

これがまたひどい味の代物《しろもの》でしたが、贅沢《ぜいたく》はいえません。

それにしても、まずい。
どうにかならないものか。

肉屋から仕入れたラードなどの脂と混ぜて石鹸をつくったり。
塩酸で加水分解し、ソーダ灰で中和したところに塩を加え、仕上げにカラメルで着色して「アミノ酸醤油」をつくったり。

どうにもまずい粉末トウモロコシでも、「まずい」と切って捨てるのではなく、活かせる方法、使っていただける品物を頭をひねって考えたものでした。

お菓子が乾燥剤活躍のきっかけに

昭和二四（一九四九）年。
千葉大学入学。

終戦から数年経ち、私が千葉大学に入学した昭和二四（一九四九）年には、だいぶ世の中も落ち着き、まともな製品が流通するようになっていました。

食品に関していえば、「腹が満たせればなんでもいい」「質よりも量だ」ということではなく、「おいしいものを食べる」という意識転換が始まったといえます。

上野のアメ屋横町では、それまでなかなか手に入らなかった菓子類が売られるようになります。

すると、甘い物に飢えていた人々が一斉に飛びつきました。

どの店舗も売れるものだからどんどん菓子類を仕入れます。

歯応えや味を悪くするため、菓子類には湿気は禁物です。

やっと、乾燥剤がお手伝いできるときが来ました。

ペントナイト（粘土を主成分とする岩石）に練炭《れんたん》の燃えかすを振るった粉を混ぜ、それに塩化カルシウムを加え平らに伸ばし、丸く型抜き。

仕上げに練炭の火力で乾燥させたら乾燥剤の完成です。

できあがった乾燥剤は紙袋に入れて室岡商店という店で売ってもらいました。

すると、毎日石油缶で二缶ずつ売れていくのです。

売れるのはもちろんありがたいのですが、製品の特性を考えると、どうも売れるスピードが速すぎます。

「一体、どういうことだろう」

不思議に思って販売している様子を見に行ったところ、大きな台の上にバラ積みして売っているではないですか。

「こんな風にしては空気中の水分を吸ってしまって乾燥剤の効力がなくなります！」

乾燥剤の活躍できる場は増えつつあっても、人々の意識がまだ追いついていない、そんな時代だったのです。

しかし、私達には手応えがありました。**まだまだ知名度は低くても、乾燥剤のニーズはある。確かにある。**

自転車の荷台に見本を載せて、方々のお菓子屋さんに営業に行ったものです。それにしても顔を見ての商売というのはいいものです。乾燥剤の正しい扱い方をきちんと伝えることもできました。

食品から精密機器まで

しかし、ここでまた問題勃発《ぼっぱつ》です。

段々と売れるようになっていったのですが、冬になると途端に売上が落ちます。冬は湿気がないので乾燥剤が必要ないからです。

長年、夏の高温多湿と冬の低温低湿のギャップには苦労しました。それが解決したのは、包装と空調の進歩によります。ポリ袋のような合成樹脂の素材が開発されたことで、密閉度の高い包装が可能となりました。

密閉された内部の環境を安定させるためには、乾燥剤のサポートが不可欠なのです。屋内の空調設備の性能向上も同じ理屈です。こうした他ジャンルの発展が乾燥剤の必要性を高め、季節に関係なく乾燥剤の需要が高まっていきました。

当時の得意先は、花王ドロップ、花王製菓、麻布十番の豆源、金杉の菓子問屋喜年堂、森川商店、現在も御贔屓《ごひいき》いただいている秀栄堂さん。大阪の前田商店さんも古くからのお得意先です。

その後、食品業界以外でも少しずつ採用していただくようになりました。シャープのカラーテレビ、トランジスターラジオ、ビクター、日立、東芝、富士フイルム等にも使っていただけました。

主力商品はお客様の声から生まれた

工場の移転、従業員の拡充などを経て、粛々と業務にあたっていた昭和五三（一九七八）年のこと。

ひとつの転機が訪れます。

ある日、それほど取り引きがあるわけではない得意先が、突然訪ねてきました。

「こういう商品が欲しいがつくってはもらえないか？　難しいとのことだが、こうしたら実現可能ではないか？」

加工法に至るまでさまざまな提案をしてくださいました。

ご満足いただける製品が完成するまでに試行錯誤がありましたが、その過程で多くの方の智恵と力と熱意を注いでいただき、我が社の主力商品のひとつである「アイディ・シート」が完成したのでした。

このときの経験は、我が社の大きな教訓になっています。

人様《ひとさま》のお役に立つこと。
人様の智恵をいただくこと。
このふたつで「仕事」は成り立つのです。

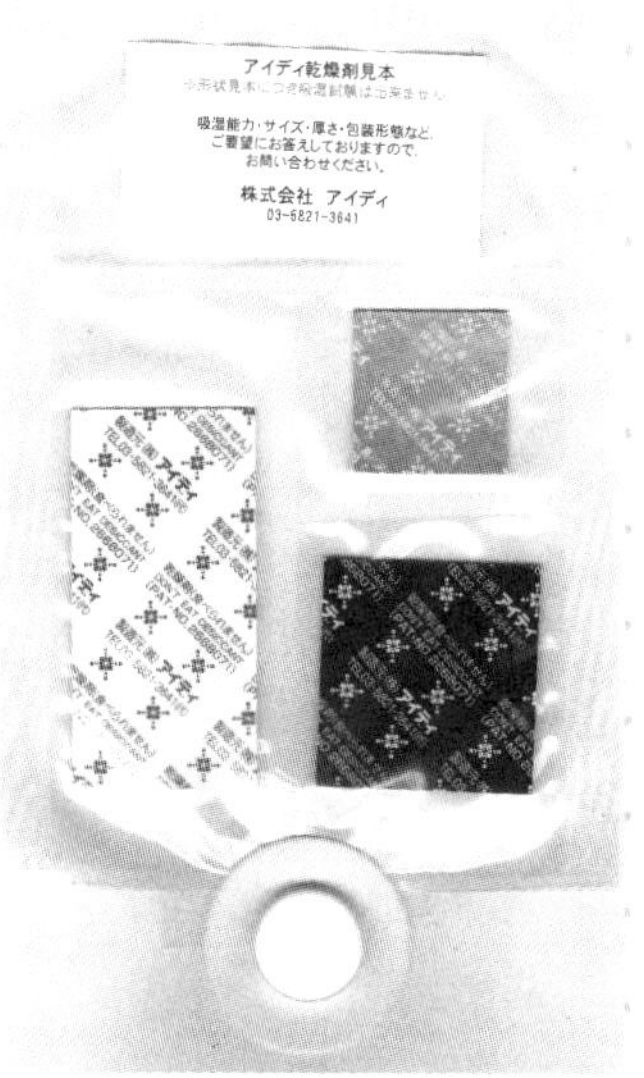

著者が開発した薄型の
「アイディシート」と
薬のパッキング兼乾燥剤の
「アイディPK」

私（写真・右）と末弟の謙三（写真・左）。
個人商店の「大方工業理化研究所」は「日本低温乾燥工業株式会社」を経て「株式会社アイディ」に。
食品、医薬品、検査薬、工業製品、電子機器、精密機器、そして押し花まで湿気から守っている。

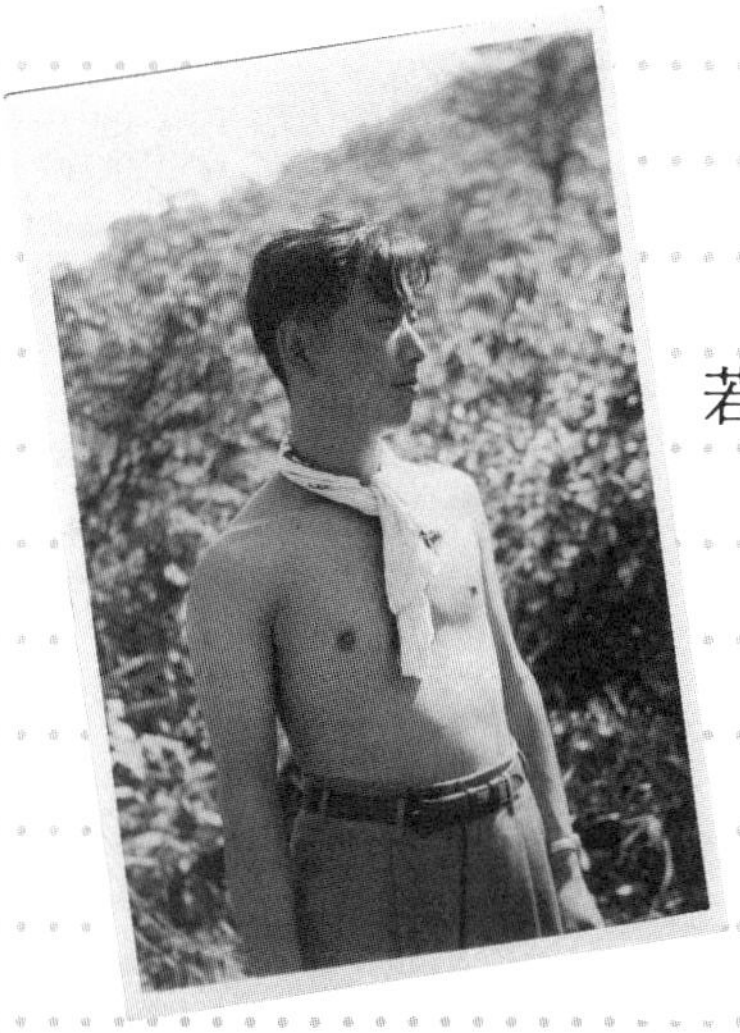

未来を見つめる
若き日の大方惣太郎

2章

遊びは笑いながらいつも真剣に

五十歳を過ぎた頃から運動量の減少と比例して、着々と体重が増えていきました。

ちょっと動くと息が切れる。

ベルトの穴が大きいほうにひとつずれた。

腹回りの脂肪がじゃまして靴下を履くとき難儀する。

全体的に動きが鈍重になる。

なにやら「あなたの肥満度テスト」の質問項目のような内容ですが、五十歳の私なら答えは全部「イエス」。

自分でも「太ったなあ」と十分に自覚し、危機感を抱いていました。

そんな折、社内で会議が終わったときのこと。

ピリッとした時間を過ごしたあとは、なんとはなしにホッとして雑談になるのはよくあることです。

まあ、いい年をしたメンバーばかりなので、自然と健康や体型についての話題になりました。

すると、ある社員が私の体、というかお腹を眺めてしみじみとつぶやいたのです。

「それにしても社長のお腹は出すぎ。出すぎて醜いですよ……」

言うに事欠いて本当のことを指摘するヤツがいるか!

「なにを言ってるんだ、腹が出てるんじゃない、背中が凹んでるだけだよ!」

負け惜しみを返したところで、お腹はビクとも小さくなりません。

それにしても、図星をつかれるとなかなか引っかかるものです。

家に帰って「こんなことを言うヤツがいてけしからん」と、ついつい家内に愚痴りました。

「本当よ、結婚当時から見るとまるで別人。これじゃあ契約違反だわ」

家内は慰めるどころか「こんなに変わるなんて、結婚するんじゃなかったわあ」とまで言う始末。

なにをするにしても一人だと尻が重いうえ、どっこいしょとどうにか始めてもなかなか続かない性分の私は、いやがる友人を誘って隅田公園を走ることにしました。

久しぶりに走ってみると風を切る心地よさにぐんぐんとスピードを上げ、気がつくと予定以上の距離を走り……、ということには全くならず、五十メートル程度で横腹が痛くなる体たらく。

一キロのコースを何度も何度も休んでやっと走りきりました。

それなのに不思議なことに「もうこりごり」という気分にはなりません。

それどころか、久しぶりに走ってみると終わった後の気持ちのよいこと！

ゴルフや仕事や、麻雀やカラオケ、どれも好きですが、そのどれとももちがう爽快感なのです。

こうしてジョギングが日課になったのでした。

走れども走れども、なお我が腹へっこまず

ジョギングを始めたのは、ちょうど桜の季節でした。桜が散り、葉桜が過ぎ、梅雨となり、初夏の気配を感じる頃になっても、走り続けました。

それなのに、一向に体重は減りません。

それどころか、**じりじりと増え始めている**ではないですか。

それもそのはず、適度な運動で食欲が増進され、ジョギングを始めてからというもの以前にも増してご飯がおいしくて仕方がない。

もともと少々腹が痛くても食えば治る体質ゆえ、モリモリ食べられるのです。

ジョギング開始当初は「冬は寒いのでやめよう」と友人と話していたのですが、たまたまその年は暖冬で走ると心地よいものですから、引き時がなかなか見つかりません。

なんだかんだで走りはじめてから丸一年が経っていました。

体重はちっとも減りません。

ご飯はより一層おいしい。

「これだけ走っていて、これだけ痩せない人も珍しい」

「俺は食べ物に**いつも感謝して食ってるから、全部、もれなく、血となり肉となってくれるんだよ**」

日曜・祝祭日、ゴルフ、雨降り、二日酔いの日は走らないことに決めていたので一年間のトータル走行距離は一〇〇〇キロメートルほど。

たいした距離ではないので痩せないのも無理からぬことだと、純粋に走ることだけを楽しんでおりました。

ちょっと白状すると、公園に行く途中に友人の家がありまして、ジョギングの帰りに一度チラッと寄ったところ、サンドイッチをいただき、コーヒーをいただき、楽しい時間を過ごしました。

「またおいでよ」の言葉にすっかり甘え、友人宅に寄るのがジョギング後のお楽しみになっていたのです。

いきなりホノルルマラソン

私なりに楽しいジョギングライフを送っていると、夫婦揃ってお世話になっている先生から連絡がありました。

「今年の一二月に、ふたりともホノルルマラソンへ連れていくからそのつもりで」

なにもハワイまで行ってマラソンしなくても……というのが正直な気持ちでした。

まあ、数か月も先のことなので、そのうち先生もお忘れになるだろうと思いきや。

先生は地元の走友会に入会、毎朝ジョギングを欠かさずホノルルマラソンに照準を合わせて着々とトレーニングを重ねているというではないですか。

そうこうするうちにホノルルマラソン完走を目標に、家内までジョギングを始めました。

こうなると不思議なもので、億劫《おっくう》な気持ちも吹き飛び、初マラソンが楽しみになってきました。

フルマラソンを完走するには、レースの三か月前から三〇〇キロ走らなくてはダメという情報を仕入れた私は、毎日走りに走りました。

休みの日は、一周五キロの皇居を四周したこともあったほどです。

そして、長距離を走ったといってはビールで乾杯。

今月はがんばったと皆で宴会。

体重は落ちませんが、まあ楽しいこと。

初めてのホノルルマラソン、私達夫婦のタイムは五時間五一分でした。

途中、ダイヤモンドヘッドで昼寝をしてこのタイムですから上出来でしょう。

ちなみに優勝したのはダンカンマクドナルドというハンバーグみたいな名前の方でした。


あれよあれよと参加が決まったホノルルマラソンは想像以上に楽しく、その後、五年連続で参加したほどです。

私は面倒くさがりなところがある割に、誘われるとイヤとは言わない質《たち》で、声をかけてくださるお方のおかげで、さまざまな得がたい体験をさせていただきました。

麻雀、呑み会、各種会合、会員組織への加入、突拍子もないところへの旅行。ホノルルマラソンも然り。

なんでもホイホイついていくのも結構おもしろくていいものです。

走る、変わる、前を見る

ホノルルマラソンでマラソンの魅力にどっぷりはまった私達夫婦は、その後、青梅、佐倉、桃源郷、河口湖と数々のマラソンレースに出場しました。

どのレースもそれぞれに思い出がありますが、会社の幹部七名と一緒に出場したレースは特別なものでした。

「やってみせ、言って聞かせて、させてみせ、ほめてやらねば、人は動かじ」

皆さんもよくご存じでしょう。
連合艦隊司令長官の山本五十六《いそろく》元帥《げんすい》の有名な言葉です。

口先だけで教育するのではなく、本気で取り組む自分の後ろ姿を見せることがなによりの教育である。わかってはいました。が、共にレースに出てまったくその通りだと深く納得しました。

「走る」という行為は誰にでもできることです。

誰でもできることを淡々と継続すること、タイムの停滞に落ち込まず、体重が減らないことも気に病まず、ひたすら「走る」ことを心から楽しむ。

走りつづけるうちに、問題を避けて通ろうとするクセが抜け、なにごとも前向きに取り組めるようになったという実感があります。

社員も皆、会社で前向きにがんばってくれました。

長く不況がつづいた時期でも社業が落ちることはありませんでした。

自分が変われば周囲も変わる。

少しは頼もしい背中を社員に見てもらえたでしょうか。

残念ながら、マラソンでは社員が圧倒的に速く、誰も私の背中を見てくれませんでしたが。

走ることにハマった私は『ランナーズ』という月刊誌を定期購読していました。ホノルルマラソンの体験が読者欄で掲載されたときのものです。

『月刊ランナーズ』に「ご夫婦そろってホノルルマラソン！」
40年前の「らんらん通信」掲載記事より

ただいま女房と二勝二敗一引分け。昨年一二月のホノルルマラソンへ日頃尊敬するI先生のお誘いで夫婦で参加しました。これが私ども夫婦のレース初体験です。今から考えると知らないということは恐ろしいもので四二・一九五キロの何たるかもわからず走ったのですから後半は女房と二人仲良く完歩の5時間51分のゴールでした。

しかしレースの楽しさをつくづくと味わい、帰ってからもたて続けにレース出場をしました。結果は青梅では女房は制限時間内に入りゴールのタイムも写真も送ってきたのに私の方は数分の差で何もなし（空白の完走証のみ）。しかし桃源郷では雪辱を果たしましたが、佐倉のフルマラソン試走会では女子に遅れること数十分。しかしタートルマラソン河口湖では私が先にゴールを。

その結果気付いたことは二五キロを境に短いほうは私の勝ち、長い距離は女房の方が早いと分かりました。

その違いは専ら体重の差です。

私七一kg、彼女四八kg、

七一kg－四八キログラム＝二三キログラム

ちょうどビール一箱分の重さ位です。ビール一箱かかえて走ってはいかにも長く走れる道理がありません。

今年のホノルル迄にはたとえ二本でも三本でもビールの数を減らして（体重を落として）一気に勝率を上げるつもりです。

東京都　伊藤一郎　51歳
八十江《やそえ》　46歳

1984 ホノルルマラソン 完走

Honolulu Marathon

3章

つらい・きついと無縁の「健康法」で九十歳

——体のメンテナンスが必要な六十歳代

六十歳代も半ばに入った頃、以前から気になっていた胆石を見てもらうために病院へ行きました。

胆のうや胆管にできた胆石が原因で激痛が起きることがあるのですが、とくに珍しい病気ではありません。

皆さんも、ご自身、またはお身内が胆石を患ったという方もいらっしゃるのではないでしょうか。

痛みもしょっちゅうというわけではなく、人によっては無症状なこともあるとか。それでも大きさや症状によっては手術も検討しなくてはいけませんから、定期的に診てもらっていたのです。

ところが、胆石は問題なしとなったものの、血圧でひっかかってしまいました。

全く無自覚だったのですが、最大血圧が160、最小血圧が100あったのです。基準値は最大血圧が100から140、最小血圧が60から90なので、血圧を下げる薬を飲むことになりました。

血圧の薬というのは飲んだり飲まなかったりするとよくないそうなので、毎日きっちり二年間飲みつづけました。

しかし、全く血圧は下がりません。

いいとこ横ばいですが、それについても、

——薬を飲んでいるから横ばいに抑えられているのか？

——薬を飲まなくてもどうせ横ばいなのか？

自分の体とはいえ、どうも判然としません。

本書でも再三ご登場いただいている石原結實先生に相談しました。

「効果が出ない薬を漫然と飲んでいるのはよろしくないですね。ボケてくる心配もあるんですよ。血圧を下げるにはやはり体重を落とすことでしょう」

身長一六六センチ、体重は七二キロ。確かに少し太めです。ホノルルマラソンなどの大会や、日々のジョギング、ゴルフと運動は大好きなのですが、その後の一杯も同じくらい好き。消費エネルギーよりも摂取エネルギーのほうが多いのですから、運動をしているからといって痩せることはなかったのです。

石原先生のアドバイスはこうです。

- □血圧の薬は止める。
- □朝食の代わりにニンジンリンゴジュース（ニンジン二本とリンゴ一個分をジューサーにかけたもの）を飲む。
- □昼はソバやパスタなど軽めに。
- □夜はなるべく和食が好ましいが腹八分目ならなにを食べてもよい。
- □お酒も適量なら問題なし。

薬は二年のうちに習慣化しているとはいえ、飲み忘れを気にしたり時間を気にしたり、やはり煩わしいものでした。

薬から開放されるだけでもホッとしましたが、なにより嬉しいのは、「なるべく和食」という緩いアドバイスはあるものの、基本的には腹八分目であればなにを食べてもよいということ。

そして、お酒だってＯＫなのです。

実行しない理由がありません。

ニンジンリンゴジュースで血圧が下がった

我が家のニンジンリンゴジュースには、ときどき野菜も加えます。

このときはリンゴを少し多めにするのがコツ。野菜の苦み・えぐみが消えて飲みやすくなります。

朝からしっかりと食べるタイプだった私は、ジュースというと腹持ちが心配でした。

しかし、レシピ通りにつくるとコップに二〜三杯にもなり、なかなかの飲み応え。満腹感もしっかりあり、しかもそれが継続するのです。

降圧剤とおさらばした私は、毎朝ニンジンリンゴジュースだけを飲み、少し早めに家を出て上野公園の不忍池を二周、さらに一駅分歩いてから出勤していました。一日一万歩を心がけてのことですが、**これだけ動いてもお腹が空いて昼食が待ちきれないということはありません。**

昼食は従来通りのものをとりますが、ご飯の量を一膳から半分に減らし、脂肪たっぷりのものは食べないよう努力しました。

朝食をニンジンリンゴジュースに置き換えてから、まず訪れた大きな変化が「体調がすこぶる快調になった」こと。

昼間は軽快に動ける。

集中力が切れて頭がボーッとすることもない。

つまり、昼の活動に対して全力投球が可能。

昼間に力を存分に注げるからでしょう、夜には心地よい睡魔が訪れぐっすり熟睡できるようになりました。

自然と早起きになり、**「今日も一日、元気でがんばろう！」**と、目覚めの気分も爽快です。

体調がみるみるよくなることに歓喜しているうち、血圧のほうも少しずつ下がっていきました。

ニンジンリンゴジュース生活を始めてから一年後には、最大血圧が１４０、最小血圧が81と、基準値の範囲内まで下がっていたのです。

二年間、薬を飲みつづけても微動だにしなかった血圧が。

薬をやめて一年間ニンジンリンゴジュースを飲んだだけで。

スルスルと適正範囲に収まったのです。

二年間、降圧剤の影響をまったく受けない数値を目にして、血圧というのは手強く頑固なものだと思い込んでいました。

六十も過ぎるともう下がらないものなのかと、降圧剤を飲んでいる頃は測定の度にガッカリしていたものです。

諦めも半分のときにニンジンリンゴジュースに切り替えたので、血圧が適正範囲に収まったときには感無量でした。

しかも、薬を飲んでいたときとは比べものにならないくらい体調もよいのです。

血圧と体重は仲良し？

さて、マラソンのところでも書きましたが、私は「体重を落とす」必要性は常に感じていて、でも、運動も好きならその後のあれこれ（仲間との飲食ですな）も大好きときていますから、なかなか体重計の針は動きません。

「もう現状維持で上等！」と、体重に関してはさほど気にしていなかったのですが、ニンジンリンゴジュース生活を始めてから一年に一二キロも減りました。

一か月一キロのペースでコンスタントに落ちていったのでしょう。

本当に気がつかないうちに少しずつ少しずつ、でも確実に体重は落ちていたのです。

知りませんでした。

血圧が下がると、体重まで落ちるのです。

反対に体重が増えると、たいてい血圧も上がります。

健康をジャマする血圧・体重コンビを、ニンジンリンゴジュースがいっぺんに鎮圧してくれたのでした。

脂肪が減ると気持ち良い

一二キロもの重りを担いで日々暮らしていたわけですが、その重りをおろしてみると体が本当に軽い。

階段も楽にすいすい。

横断歩道も信号が点滅したらササッと駆け足。

なんとも気持ちが良い。

元来、楽天的でくよくよしないタイプですが、脂肪が減り、血圧が落ち、体の健康を強く実感するようになると、やはり不健康なときに比べてパワーが格段にちがいます。

いろいろなことに意欲がわき、前向きに取り組めるようになりました。

体の健康は心の健康もつくるのです。

ニンジンリンゴジュースは「完全栄養飲料」
青萠堂刊『「空腹」の時間が病気を治す』
医学博士 石原結實 著をぜひお読みください。

石原結實

何度もお邪魔して失礼します。健康のことなので、ちょっとお付き合いください。

血圧はたいてい体重に比例して高くなります。体が大きいと全身に血液を行きわたらせるために、心臓は大きな力で血液を押し出さないといけないからです。血液を押し出す心臓、血液が通る血管それぞれの負担が大きくなり、心筋梗塞、脳梗塞のリスクがあがってしまいます。

血圧を安定させるためには、まず体重を落とすことです。ニンジンリンゴジュースは、人体が必要とする栄養素をすべて含んでいる「完全栄養飲料」といえるもの。液体なので消化吸収のため胃腸に負担をかけることもありません。

砂糖ばかりのシリアルや、ジャムがたっぷりのったトーストなどよりはるかに健康的です。

そもそも朝は「睡眠」という絶飲絶食状態から明けたばかりで、胃腸もまだ本調子ではありません。いきなり個体を食べるのではなく液体をとるほうが好ましいのです。

ニンジンリンゴジュースは「人間の体を本来の状態（健康）に戻す」作用があります。

太っている人は体重が落ち、痩せている人は体重が増えるので、「少し太りたい」という方にもおすすめです。　数年前、伊藤社長が心不全で調子を崩されたときは全身のむくみがひどく、体重が六五キロから大幅に増えて七〇キロを超えてしまいました。

利尿剤を処方したところ、効果のほどについてお電話で報告がありました。

「一日に五〇〇グラムや一キロのペースで体重が減って、一〇日でベスト体重に戻りましたよ、先生！」

電話口の明るいお声を聞いてホッとした私は、「これも伊藤社長の日頃の鍛錬のたまものですよ」と申し上げようとすると。

「先生、この調子で利尿剤を飲んでると、俺、あと二か月で体重がなくなっちゃいますよ、アッハッハ」

体の不調も必要以上に心配せず、冗談のネタにしてしまう。私は「明るく前向きであること」「たくさん笑うこと」を健康法として挙げていますが（87ページ）、伊藤社長はこれに加えて「たくさん笑わせる」のですからお見事です。

4章

日本人の魂を次世代に伝えたい

私には男・女・男と三人の子供がいますが、実は赤ん坊の頃の記憶があまりありません。

若かった私は子育てに対して気持ちの余裕がなかったのです。

バタバタと瞬く間に過ぎていく日々でした。

もう少しゆったり構えていたら赤ん坊時代のあどけない表情や仕草も記憶に残せたのかと思ったりしますが、子育てというのはそういうものでしょう。

子供達の子育ての様子を見ていると、私達夫婦の日々もこんな風だったのだろうとよくわかります。

初孫が生まれたのは、平成九（一九九七）年のことでした。

娘の真理子の長女です。

娘は予定日の三週間前に緊急入院。

とはいえ、娘自身は割と元気に過ごしていたのです。

それが、いざ出産が始まるとかなりの難産となりました。

病院から母子共に危険な状態であるとの緊急連絡が入ります。

家内と私は車に飛び乗り、上野の自宅から宇都宮までまったくの無言でひたすらに車を走らせました。

重苦しい沈黙の二時間を経て病院に到着すると、弾かれたように出てきた婿が親子の無事を告げてくれたのでした。

ガラス越しに対面した孫は、真っ赤な赤ん坊と思いきや、涼しげな目元のかわいいかわいい女の子です。

幸福。言葉ではあらわせないほどの幸福。

爺婆《じじばば》っ子は三文安？

我が子が幼いときは写真もなかなか撮れませんでした。

しかし、爺婆になると時間もたっぷりあります。

ピント合わせから絞りから、プロ並みにやってくれるデジカメだってあります。

初孫のアルバムは一年も経たずに十冊を超え、気に入った写真は額に入れて寝室の壁一面を覆いました。

写真を持ち歩いては、会う人会う人に見せて「かわいい、かわいい」と褒めていただき悦に入ったものです。

「伊藤さんのお父さんもお孫さんの写真を持ち歩いていたけど、今の伊藤さんほどではなかった」と笑われるほど。

そんな冷やかしにすら、「いや、だってかわいいだろう」と返していたのですから相当なものです。

その後、長男、次男も子供に恵まれ、いまでは4人の孫がいます。

孫達の成長の折々に、孫に子供の、子供に私達夫婦の姿を重ねます。

子供達の足跡をなぞり、自分たちの子育てを振り返るわけです。

すると、なぜか祖先の存在が強く感じられ、自然と祖先への感謝の念が湧きあがります。

私は、朝一番で仏壇の前で手を合わせ般若心経を唱え、神仏と親・祖先に感謝を捧げるのです。


そうそう、初孫のとき、私の舞い上がりっぷりを心配した身内から「爺婆っ子は三文安になるっていうからね、自重しなさいな」と釘を刺されました。

子供達の教育方針を飛び越えて、あれこれ孫にしないように。

それだけは肝に銘じています。

初抱っこ

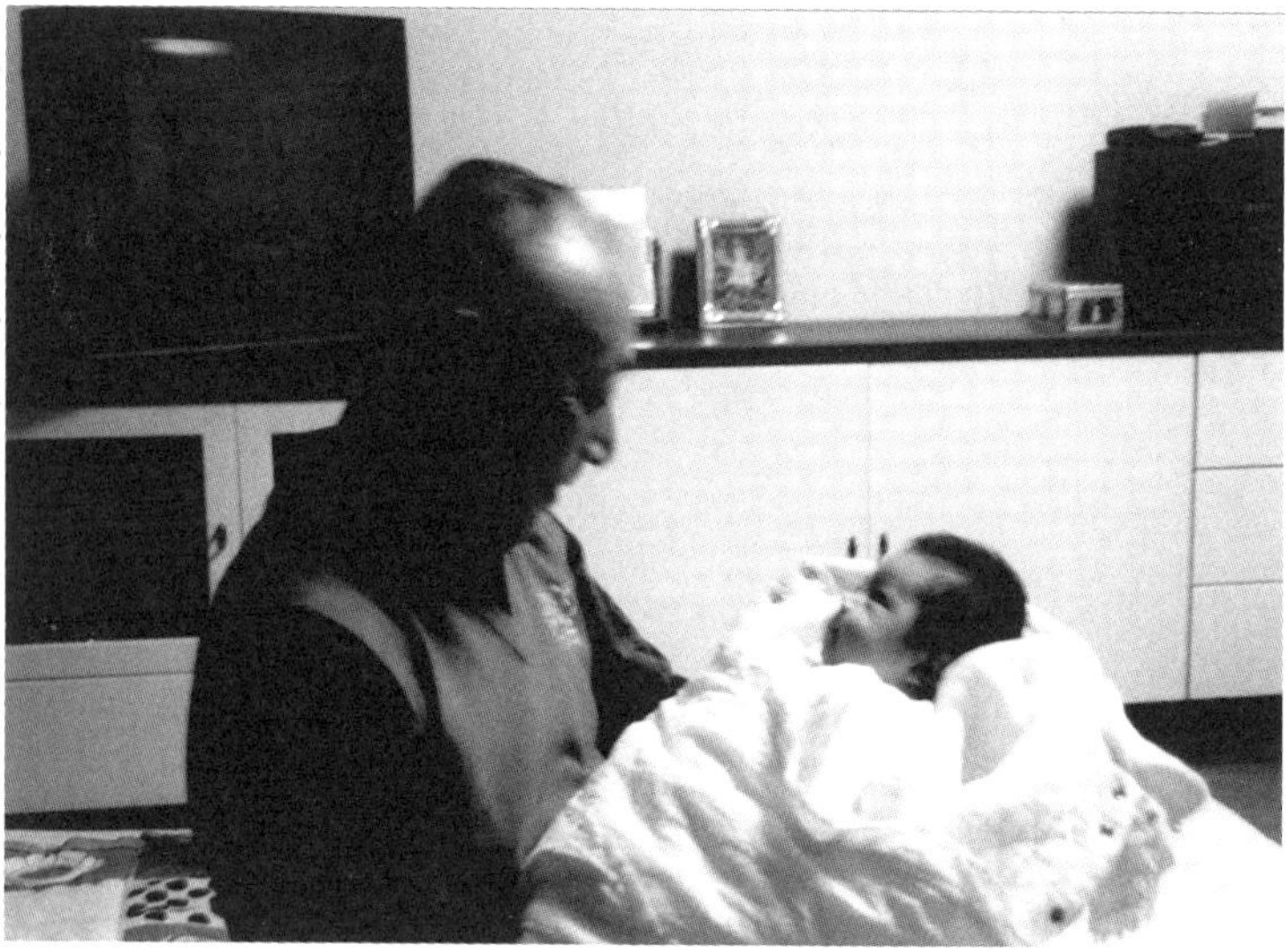

「がんばって生まれてきたね」。
初孫を初抱っこ。
輝きと温もりにあふれた幸福そのもの。

日本はすっかり異国になってしまった

孫の話をしたのは、ちょっと「日本のこれから」について考えてみたかったからです。孫バカの戯れ言ではなく、話の枕と思っていただけるとありがたいところです。

私のような年寄りはもう先はありませんが、孫たちにとっては「これから」のほうがうんと長い。

どんな日本になっていくのでしょうか。

あさひビール名誉顧問の中条高徳《たかのり》さんの『おじいちゃん戦争のことを教えて』（小学館文庫）という本を読み、感銘を受けると同時に深く考えさせられました。『おじいちゃん戦争のことを教えて』は、中条さんと一八歳の孫娘（お父さんの海外勤務でアメリカのハイスクールで学んでいる）との手紙による質問・疑問に対する返事という形式になっています。

中条さんは昭和二年の生まれ。私より三年年長の方です。

同世代であり、「あの時代」をくぐり抜けてきた人間だからこそ分かるところがあり、全く同感の思いです。

戦争中はもちろん苦しいことも多く、空襲で命の危険を感じることもありました。弟たちは十歳以上年が離れているものですから、中学生だった私が二人をおぶって疎開もしました。

国の大義に殉《じゅん》ずる使命感に燃える日々だったのです。

現に九月には海軍兵学校の予科生徒の募集に応募するつもりでおりました。

しかし、戦争が終わってほっとしたのも事実です。

夜になっても電気を暗くしなくてもよいとは、全く素晴らしい。

なにより、空襲や本土決戦に怯える必要もない。

国の大義に殉ずる覚悟を抱いていた日々から一転、食べることに追われる日々がやってきます。

日本中がそうでした。

多くの人が一生懸命頑張って頑張ってがむしゃらに過ごし、昭和、平成のふたつの元号を越え、そうして気が付いたら老人といわれる年になっていました。

戦争をやってよいことなどありません。

しかし、豊かになった今日の日本は、大義を掲げ、志を胸に、日本という国の繁栄の礎にならんと身を投じた人々の魂の欠片《かけら》すら、全く見当たらない。

幕末、戦前、戦中と、現在の日本はほとんど異国のようです。

戦前の日本は貧しくとも希望が持てた国です。

それに引き換え戦後の日本は豊かであっても、なにかどんよりと淀んだ空気に覆われているようです。

マッカーサーの占領政策もありますが、日本人自身も過剰に反応しすぎてしまったように見えます。

日本が過去にしてきたことを全て悪とする教育。

政治家達もアジア各国へ行く度に謝りつづける。

過去を美化したり、事実に反する捏造《ねつぞう》などする必要はありませんが、良いことは良い、悪いことは悪いと言える姿勢は大切なのではないでしょうか。

「教育を三十年誤れば国滅ぶ」といわれますが、団塊の世代の教師や親は、事実や歴史を正しく理解せず、自虐史観を持っているのではないかと思います。

石原慎太郎氏が政治を志したのは、ベトナム戦争末期、読売新聞からの依頼でテト休戦の取材に行き、国滅ぶときを見たのが動機だということです。

末期の南ベトナムは素晴らしい人達、魅力的な人達、大勢の知識階級、また有史以来中国と戦ってきた誇り高い歴史を持ちながら、政治はおろか、戦争にも無関心の大衆、虚しい共産主義のイデオロギーの攻勢に破れ去ったのでした。

一国でも、会社でも、家庭でもその構成員の一人一人の考え方、道徳性の総和が低くなるとその団体は解体するより仕方がないと聞かされています。

団体が大きくなればなるほど、その団体を維持するために、より多くの道徳性が必要となってきます。

大きくなって滅亡する方が、小さいときの滅亡よりよけい惨めです。

もちろん政治のパワーは必要ですが、国民一人一人の教育が大切です。

特に小さい子供の時からの教育が大切です。

知的教育だけではありません。

徳育《とくいく》が大切です。

それには親や先生だけでなく、われわれ老人パワーも一役買わねばなりません。

老人世代のかわいい孫達、そして孫の子供達、そのまた子供達と、素晴らしい日本を残さねばと思います。

日本人の品性を再び

そこで、私の提案です。

平成十四（二〇〇二）年より公立小中学校は週休二日になりましたが、子供は社会に出るまでは勉強してもらわねばなりません。そして、それを社会に出た時に還元してこそ、勉強の価値があります。

先生方は社会人として週休二日は必要です。

しかし、子供達は週休二日の一日を塾に行くのではなく、学校で地元の社会人の体験談を聞く会にしてはいかがかと思います。

職人さんの仕事の苦労話、地元のお祭りの話、言い伝え、伝説、地元の歴史等々、教科書では知り得ない貴重な勉強といえると思います。

学校の教科書で習ったことと社会の結び付けのためにも良いと思います。

官制の義務教育もソロソロ考えるところへ来ているのではないかと思います。

校区に縛られず、銘々好きな学校（塾）へ行って勉強するのも多様性があり良いのではないでしょうか。

素晴らしい先生のいる学校へ自由に行けるのは、実り多いことです。

単に教え方が素晴らしいのか。

品性人格が素晴らしいのか。

品性人格が素晴らしいとなにを教えていただいても、その先生の品性の感化力により素晴らしい教育となります。


素晴らしい品性は素晴らしい品性によってのみつくられるのです。

あとがき

本書でも度々ふれている祖父は、日々、研究、研究の人で、厳格なところもありました。

父が幼い頃は「お父さんのお出かけ!」「お父さんのお帰り!」の声がかかると、家族が全員集合。玄関先に集合して祖父をお見送り・お迎えをするのが習わしだったとのことです。

「ランプのホヤ(ガラス製の筒)を磨いてる最中でもすっ飛んでいったよ」と、父が言っていたものでした。

祖父と一緒にどこかに行ったり遊んでもらったという記憶はないのですが、「学者のおじいさん」と呼んでおり、今も祖父に対する尊敬の念は変わりません。

さて、そんな祖父にはなかなか皮肉屋なところがありました。

高岡で工業試験場の場長をしていたときのこと。

「伊藤先生、炭を長持ちさせるにはどうしたらよいでしょう？」

「それは納屋にしまっておくのがいちばんです」

本人は冗談のつもりなのか、本当に皮肉のつもりだったのか。人は悪くないのですが、どうもなんでもない事で他人の心を傷つけた様なところがあったようです。

これが、伊藤家は私の父、私、私の子供に至るまで、その性質を引きずっているようです。

父もその自覚があったのでしょう。

嫁いできたばかりの私の家内にこんなことを言ったそうです。

「わしの田舎では、短気で怒りっぽいことを『あっちゃらいの系統』という、伊藤家もその系統で、たとえば人が痛がっている傷口に塩を塗って擦り付けるような物言いを平気でする」

家内はたいそう面食らったことでしょう。
面食らった家内をみて、父も面食らったのでしょう。
慌ててこうつけ加えたそうです。

「言葉は荒いが心根は優しいんだ」

名古屋から見知らぬ土地に一人嫁いできた家内に、『あっちゃらいの系統』の父なりに精一杯の気遣いをしたのだと思います。

家内曰く、私はまごう事なき『あっちゃらいの系統』らしいです。
本書では『あっちゃらいの系統』ならではの物言いもあったかもしれません。
読者の皆様がどうかお気を悪くしませんように。

昭和五（一九三〇）年の生まれの私は、もう九十になりました。戦争を経験し、復興から高度経済成長、バブル景気とその崩壊。阪神淡路大震災や東日本大震災のほか、近年のゲリラ豪雨など多くの天災。昭和から令和まで、日本の歩みをずっと見て参りました。

数々の艱難辛苦《かんなんしんく》を乗り越えてきた日本に、いままた「コロナ」という大きな困難が立ちはだかっています。

時代の切り取り方はさまざまありますが、「コロナ以前」と「コロナ以後」という分類は確実に成り立つでしょう。

それぐらい、私達の暮らしも心のありようも大きく揺さぶられたといえます。

多くの人の人生観が変わったのではないでしょうか。

萎縮《いしゅく》した考えになっている人も多いでしょう。

そんなとき救いになるのが「なんのために生きているか」考えることです。

人生ってなんだ、ということです。

「人生」とは移り変わるもの、流れていくものではないでしょうか。

いつも同じ電車に乗っていても、乗客の顔ぶれは同じではなく、車外の風景も少しずつちがって見える。

『方丈記』（鴨長明による鎌倉時代の随筆）の世界観を思い出しませんか。

ゆく河の流れは絶えずして　しかももとの水にあらず
よどみに浮かぶうたかたは　かつ消えかつ結びて
久しくとどまりたるためしなし
世の中にある人と栖《すみか》と　またかくのごとし
——・——・——（中略）
知らず　生まれ死ぬる人

いづかたより来たりて　いづかたへか去る
また知らず　仮の宿り
たがためにか心を悩まし　何によりてか目を喜ばしむる

〈河の流れは途絶えることがなく、それでいて、そこを流れる水は、もうもとの水ではない。よどみに浮かんでいる水の泡は、一方では消えてしまい、一方では新たにでき、長い間とどまっている例はない。この世に生きている人、人々が住む場所とは、河の流れと泡のようだ

〈私には〉わからない。生まれ死んでゆく人は、どこからやってきて、どこに去っていくのか。またわからない。生きている間の仮住まいを誰のために心を悩まして建て、なんのために目を楽しませようとするのか〉

——・——・——

九十歳にもなると、方丈記の一節で強く共鳴するのは「仮住まい」という言葉。

人生とは、流れていくもの。仮住まいなのです。

戦争も震災も経済危機も、そしてコロナも、私達がずっとその渦中にいることはありません。

私達の人生そのものが流れているのですから。

伊藤一郎

伊藤一郎 写真館

Ichiro Ito

—— 88にして初金メダル!? ——

Happy Birthday

90

卒寿

石原結實先生の音頭で卒寿祝い

十八番は「長崎は今日も雨だった」

笑いは健康と元気の素

渡部昇一先生（上智大学名誉教授・評論家）
と伊豆の石原結實先生のサナトリウムで歓談する著者

お馴染みのメンバーで
金太楼

石原先生ファミリーも常連（左は著者）

どんなときも愛妻家

口ぐせの冒頭ページの
シルエットデザインは
この車椅子のお散歩から誕生しました。

60年の歳月を経てダイヤモンドの輝き

著者紹介

伊藤一郎（いとう いちろう）

ペンネーム **大方惣太郎**（おおかたそうだろう）

1930年（昭和5年）東京都墨田区本所生まれ。昭和28年千葉大学工学部卒業。
現在 90 歳の株式会社アイディの現役社長。

株式会社アイディは、昭和 32 年「大方工業理化研究所」から「日本低温乾燥工業株式会社」として伊藤良次初代社長が設立。アイディ乾燥剤の発想は宜良祖父で、特許も数十持ち工業化したものもあり、乾燥剤もその一つである。

アイディ乾燥剤誕生のきっかけは生糸にあり、はじめは生糸工場の湿度を下げるために考案された。その後は工夫に工夫を重ね、現在の、よくお菓子に入っている薄型の形状になった。薬の容器の裏蓋にも品質維持には欠かせないもので、長期保存のために不可欠のものとなった。

昭和 53 年、著者が薄型のアイディ・シート乾燥剤を開発し、いまや主力商品になっている。「アイディ」の社名はアイデアル・ドライヤーまたは、アイデアル・デシカント（理想的乾燥剤の意味）の頭文字をとったもの。

祖父は、号を「大方軒無外」と言い、その語源は『大方外無く、小円内無し』で、「大きな四角の外は無く、小さな円の内は無い」という意味。祖父から学んだ道徳・哲学を研究し、さらに実践の生活に役立つ生き方に研鑽し、追求した。本書では、人の目につかない乾燥剤一筋、人生 90 年で培った「発想と人生は一つ」のユニークな生き方実践学を初めて披歴している。「常識は覆されるから発見がある」という人とは違う視点から世の中、人生を見つめて、よく学び、よく働き、よく遊びを実践して今日がある。

90歳《さい》現役《げんえき》社長《しゃちょう》の

「下町《したまち》人情《にんじょう》」経営《けいえい》哲学《てつがく》

2021年5月27日　第1刷発行
2021年6月16日　第2刷発行

著　者　伊藤《いとう》 一郎《いちろう》
発行者　尾嶋 四朗
発行所　株式会社 青萠堂

〒162-0808　東京都新宿区天神町13番地
Tel　03-3260-3016
Fax　03-3260-3295
印刷 / 製本　中央精版印刷株式会社

ISBN978-4-908273-24-7 C0095

大好評!ロングセラー

ちょっと気のきいた

大人のたしなみ

下重暁子 著

◆大人の女性の魅力が光る

春夏秋冬の美しい振る舞い方

凛とした人生の奥義

——必読の〃たしなみ〃の歳時記

折々の珠玉の「エッセイ」

その人のたしなみが

豊かな人生を築く

新書判／定価 1100 円（税込）

心に虹があると奇跡がおこる

東山虹子 著

心の中に虹を持つ・・・

人生の苦難を乗り越えた時
“雨上がり”の時に顔を見せる
透明な輝きをもって空に
アーチを架ける

七色に輝く
「豊かな人生の姿」が
ささやかな生き方の中に

四六判／定価 1320 円（税込）　ISBN978-4-908273-25-4